La descente aux affaires

Ce livre est également disponible sur toutes les plateformes numériques.

DU MÊME AUTEUR

La course de petits bateaux, texte de Fred Pellerin, illustrations d'Annie Boulanger, Sarrazine Éditions, 2021
Un village en trois dés, contes de village, Montréal, Sarrazine Éditions, 2019
De peigne et de misère, contes de village, Montréal, Sarrazine Éditions, 2013
L'Arracheuse de temps, contes de village, Montréal, Sarrazine Éditions, 2009
Bois du thé fort, tu vas pisser drette, Montréal, Sarrazine Éditions, 2005
Comme une odeur de muscles, Montréal, Planète rebelle, coll. «Paroles», 2005
Il faut prendre le taureau par les contes, Montréal, Planète rebelle, coll. «Paroles», 2003
Dans mon village, il y a belle Lurette..., Montréal, Planète rebelle, coll. «Paroles», 2001

Également paru

Zoom sur Saint-Élie-de-Caxton. Sur la trace du merveilleux, 30 photographes de presse, textes de Fred Pellerin, Montréal, Éditions Groupe Photomédia et Sarrazine Éditions, 2006

Fred Pellerin

La descente aux affaires
Contes de village

Sarrazine Éditions

Révision et correction : Marie-Hélène Cadieux
Photo de l'auteur : Marie-Reine Mattera
Conception graphique de la page couverture : Dingo Design inc.
Illustrations : Félix Girard
Mise en page : Édiscript enr.

Distribution en librairie au Canada :
Diffusion Dimédia inc.
www.dimedia.com

Dépôt légal : 4ᵉ trimestre 2023
Bibliothèque et Archives nationales du Québec
Bibliothèque et Archives Canada
ISBN papier : 978-2-925066-19-4
ISBN ePUB : 978-2-925066-20-0
ISBN PDF : 978-2-925066-21-7

© Sarrazine Éditions 2023. Tous droits réservés.

Sarrazine Éditions
6240, rue De La Roche, Montréal, Qc, H2S 2E1
info@michelinesarrazin.com
www.michelinesarrazin.com/sarrazine

*Ça devait être un conte sur l'argent,
C'est devenu une réflexion sur le temps,
Et tu es débarquée,
Et ç'a viré en une histoire d'amour.
À toi, belle Josette.*

Merci à Marie-Fée, Marie-Neige et Marius, grands mesureurs de temps.

Merci aux fils de Jeannette et Toussaint, Michel, Jean-Pierre et Paul Brodeur.

Merci à Joan Pinard, Micheline Sarrazin, Marie Martinez, Steve Branchaud, Martin Boisclair, Rami Renno, Julien Mariller, Vickye Morin, Maude Levert, Gina Lemire, Gilles Auger, Luc Valiquette, Josée Beaudoin, Isabelle Tremblay, André Lauzon, Isabelle Héroux et Vincent Voégelé.

> *Le pire,*
> *C'est pas la mort.*
> *Le pire,*
> *C'est tout ce qu'on laisse mourir*
> *En-dedans de nous*
> *Tandis qu'on est encore vivants.*
>
> Einstein,
> approximativement

LE TESTAMENT

Une porte s'ouvre.
— Votre nom ?
— Édouard Brodeur.
— Occupation ?
— Je vends des pipes de plâtre, j'élève des vaches... j'ai trois fils...
— C'est bien. Entrez.
— Entrer ? Mais vous êtes qui, vous ?
— Je suis... l'Éternité.
— L'Éternité ? Ben excusez-moi de vous achaler avec ça, mais j'aimerais savoir c'était quoi, ça ? Qu'est-ce qui vient de se passer ?
Un temps.
— C'était votre vie, monsieur.
— Ma vie ? J'ai cinquante-quatre ans ! Ma vie n'est pas finie. J'ai des choses à faire encore.
— ...
— On peut-tu recommencer ?
— Non. La vie, c'est un seul tour de manège. Entrez.

Édouard Brodeur est mort à l'âge de cinquante-quatre ans. Il est mort raide pauvre, sans la cenne. Ce bilan financier qui l'accompagna au trépas ne tenait pas tant au fait qu'il gagnait sa vie en vendant des pipes de plâtre, mais surtout à sa stratégie commerciale qui s'élaborait sur le principe de revente au prix coûtant. Son calcul était simple : il offrait les pipes au même prix qu'il les achetait.

— C'est sur le volume qu'on va faire de l'argent ! Il s'en casse tellement, des pipes de plâtre !

Suivant cette logique comptable, il fallait s'en douter, la faucheuse allait immanquablement passer avant la fortune. Peu importe le temps que ça prendrait.

Édouard était un grand slaque, une échalotte en vertige qui avait tout donné dans la longueur et rien dans les autres axes. Comme s'il se nourrissait d'escabeaux. Avec ce physique de tige démesurée, un problème de taille se présenta dès l'entrée dans la phase funéraire : sa dépouille ne tenait pas dans un cercueil aux dimensions habituelles. Ç'aurait pris un forfait avec extra. Seulement, comme sa fortune léguée affichait zéro, on ne put pas se lancer dans des dépenses de coffrage sur mesure. La solution obligée et débrouillarde fut donc de se rabattre sur une boîte de format standard et de percer deux trous dans les planches en fermant l'extrémité. Par ces trous, on laisserait dépasser le surplus de jambes.

On eut donc droit à cette installation originale du tronc d'Édouard étendu dans ce contenant trop petit et déposé sur deux chevalets. À hauteur des cuisses, le défunt quittait son dernier lit pour aller se déposer sur le plancher. Édouard au trépas rencontrait le secret des choses dans toutes ses dimensions. Il y avait l'avant et l'après et le dedans et le dehors.

À cette époque de notre histoire, les salons funéraires tels qu'on les connaît aujourd'hui n'existaient pas. Du coup, toute la logistique entourant le grand voyage était la responsabilité des proches. Les corps étaient exposés chez l'habitant. Il en fut ainsi pour l'Édouard qui s'échappait bien du coffre, mais qui devait se plier à la règle. Son dépassement occupa le salon de la maison durant les jours suivant son décès.

Les gens du village, amis, connaissances, parents et curieux défilèrent en nombre pour livrer les sympathies et condoléances aux trois fils. Et si la coutume de la pratique du deuil voulait qu'habituellement les visiteurs et autres curieux quittent rapidement après la chorégraphie des poignées de mains, cette fois-ci le monde restait. La foule s'accumulait. La maison était pleine et la raison était simple : on avait annoncé la venue d'un personnage légendaire qui s'appelait Mononcle Richard.

Mononcle Richard était le frère du défunt. Sevré trop rapidement, peut-être, il avait développé une soif ambitieuse pour la fortune. L'enfant Richard avait choisi l'exil aux États-Unis dès son jeune âge. Il avait suivi la promesse jusqu'au Massachusetts. Et les années avaient passé. La rumeur était revenue, mais l'oncle jamais. Les échos, intermittents mais tenaces, avaient nourri le mythe du rêvassage américain, celui du *self-made man*, en ajoutant le nom de Richard bien haut sur la liste des parvenus. Si on se fiait aux dires, l'objectif du fric avait été grandement atteint. De son destin, du peu qu'on en savait et du surplus qu'on s'en inventait, on s'en faisait un homme d'une richesse rare. Depuis son départ et ses audaces, on ne l'avait jamais revu à Saint-Élie-de-Caxton.

En ces jours habillés de noir, son nom volait la vedette à celui du défunt. Mononcle Richard avait été nommé exécuteur testamentaire par son frère Édouard. Il n'aurait pas le choix de se pointer. Richard était annoncé. Et attendu.

Le testament

Vers le midi du troisième jour, des bruits de chevaux attirèrent tous les yeux vers les fenêtres. On vit entrer dans la cour une diligence noire aux vitres teintées, immatriculée des États. Six chevaux attelés. Ça ne pouvait être que lui. Et ça s'emboîtait parfaitement dans le moule des imaginations ambiantes.

La petite porte du véhicule s'ouvrit pour laisser sortir l'énergumène. Mononcle Richard portait un manteau de fourrure de grande rareté. Si on n'avait pas égorgé trois cents renards argentés pour produire ce pardessus, on n'en avait pas égorgé un seul! C'était une courtepointe de museaux. Oui! Parce que Richard avait souhaité se vêtir en nez et le designer avait mordu. Un coupe-vent cousu en narines : beau paradoxe sur les épaules!

Richard arborait la redingote de peau grisonnante, donc. Et rien de moins riche en bijoux. Il scintillait dans les breloques brillantes à s'en conférer des allures d'arbres de Noël : colliers, bracelets et boutons de manchettes... Devant tant d'orfèvreries, le forgeron avait murmuré pour lui-même.

— S'il ajoute encore des bagues, va falloir qu'il se fasse greffer des tiges en surplus!

C'est l'oncle qui portait les lunettes fumées sur les yeux alors que ce sont tous ces gens sur place qui étaient aveuglés par tant de rutilance.

Richard traversa l'entrée de garnotte en direction de la maison. Il s'appuyait sur une canne à pommeau, sculptée dans un bois d'ébène à haut rendement exotique. Ça faisait de lui une bête à trois pattes dont le pas, une fois sur la galerie, sonna le triolet.
Ti-que-toc.
Ti-que-toc.

La descente aux affaires

Richard marchait lentement. On voyait qu'il était un homme qui disposait de plus de temps que les autres. L'un des trois fils lui ouvrit la porte et l'oncle pénétra dans la demeure endeuillée.

Le testament

La foule se sépara par le centre pour laisser passer le visiteur. Mononcle Richard atteignit la table de la cuisine et se déposa la fortune sur une modeste chaise de babiche.

Tous les yeux étaient rivés sur le revenant. On observait Richard comme s'il débarquait d'une autre planète. C'était silence. Même les neveux mortuaires se taisaient devant l'oncle. Il y avait l'étonnement pour béer les bouches, oui, mais il y avait aussi la barrière de la langue. Établi depuis l'enfance en terre étatsunienne, il n'y avait aucun doute que Richard avait tout perdu de sa langue maternelle.

Richard avait voyagé toute la nuit. Il était l'heure de casser la croûte. Et on ne savait même pas comment s'adresser à lui pour lui offrir à manger. À Saint-Élie-de-Caxton, personne ne parle l'anglais. Le seul qui fut bilingue au village et à cette époque, c'était le curé. Il parlait latin. On se dit alors qu'il serait l'homme de la traduction.

— Mais offrez-lui quelque chose de simple ! Qu'avez-vous de plus simple ?
— Le plus simple qu'on a..., pensa tout haut l'un des neveux.
— Le plus simple, c'est le gridcheese, monsieur le curé, lança le plus vieux de la fratrie.
— Bien ! dit le curé.
— Mais on dit ça comment « gridcheese » en anglais ?
L'homme en soutane se pencha vers l'homme en fourrure et posa la question.
— Do you sandwich au frômèdge ?
Richard hocha le chapeau. Il n'en voulait pas. Le curé remit les hôtes dans la mijoteuse.
— Qu'avez-vous d'autre ? De simple ?
— On a des œufs... Je sais pas...
— Oui ! Offrez-lui un œuf !
— Un œuf !
Le curé revint à l'oncle.
— Do you nine ?
Ah ! Richard opinait.
— Il va prendre l'œuf !
— Demandez-y s'il le veut miroir ou brouillé !
Et encore vers l'affamé.
— You pète ze yellow ?
Le déjeuner souhaitait miroir.

Le fils aîné lança la commande. Il craqua l'œuf sur le poêle à cookerie. Pendant que l'albumine pétillait, sans s'annoncer, Richard se leva. L'oncle bougeait si peu que le simple mouvement de ce dépliement sur sa chaise créait un effet de feux d'artifice. Une fois debout, il s'avança en direction du mur le plus proche.

Ti-que-toc.
Ti-que-toc.

Le testament

Il se plaça devant la petite armoire qui servait de présentoir pour les pipes de plâtre. Il ouvrit l'une des portes vitrées et s'empara d'un des exemplaires boucaneux. Il tira dans sa blague une pincée de tabac blond, en bourra le foyer du brûle-gueule et marcha en direction du poêle à bois où son œuf miroitait.

Ti-que-toc.

Il fouilla dans sa poche de pantalon et en extraya* un bout de papier bleu.

— Cinq piasses?

À l'époque, cette somme était l'équivalent d'un mois de salaire pour un ouvrier.

Entre son index et son pouce, Richard roula doucement le billet de banque pour en faire une paille qu'il planta ensuite dans le trou de la prise d'air du poêle. L'extrémité de la coupure prit feu en quelques secondes et Richard la sortit des flammes pour l'enfouir rapidement dans sa pipe. Il pompa par les joues et les volutes confirmèrent la réussite de l'allumage.

Trois bonnes poffes finirent de déployer la lueur des braises dans le tabac. Richard secoua son allumette de fortune, leva un rond du poêle avec cette petite poignée au manche de fer frisée qui se trouvait pas loin de l'œuf, et relâcha la coupure, devenue inutile et sans valeur, dans l'attisée. L'assistance était stupéfaite.

Richard se pencha doucement vers le neveu cuisinier, celui qui tenait la spatule mais qui avait oublié l'œuf dans une cuisson exagérée, laissant ainsi aucun espoir au jaune de se faire coulant, et ajouta, dans un français cassé par un accent *english*, un peu d'extra dans sa commande :

— *Avec le neuf, je vas prendre le bacon!*

---

* Le verbe extraire ne se conjugue pas à l'indicatif passé simple, sauf à Saint-Élie-de-Caxton.

Richard repu, la bedaine pleine, on arriva au moment de la lecture du testament. On tendit à l'oncle l'enveloppe sur laquelle le notaire avait un jour apposé son sceau de cire. Richard la décacheta délicatement, souleva le rabat et tira le document qu'il déplia pour en faire une première lecture. On allait s'en tirer sans les lunettes, le texte était court. Le trépassé ne possédait pas grand'chose. La distribution du legs allait être simple et rapide, les instructions étaient toutes claires :

« Je, soussigné, lègue mon troupeau de vaches à mes trois fils, selon le partage suivant :
— la moitié de mes vaches ira à mon fils aîné,
— de ce qui reste, deux tiers iront à mon second fils,
— de ce qui re-reste, deux tiers iront à mon troisième fils. »

La moitié au plus vieux, les deux tiers de la balance au cadet et les deux tiers des miettes au benjamin. Le plus vieux ne put retenir sa joie.

— La moitié pour moi !

Le testament

La surprise de ce partage favorisant le fils aîné fut modérée parmi la foule et la fratrie. Le premier en liste dans l'ordre de l'accession au trône, c'était cet enfant privilégié, et on le savait. Il s'appelait Toussaint. C'était lui, sans aucun doute, le plus proche de son père. Son plaisir de la vente, son talent pour la jasette et son sens de l'organisation en avait fait un allié précieux du paternel dans le commerce non lucratif des pipes de plâtre et dans l'élevage bovin. C'est d'ailleurs lui qui, doué pour les rassemblements, avait tout naturellement pris sur ses épaules les aspects logistique et formel de cet événement funéraire entourant le départ d'Édouard.

Moitié pour Toussaint, donc. Et deux tiers, et deux tiers, pour les deux suivants. Tout simplement. À titre d'exécuteur testamentaire, afin de savoir combien il attribuerait de vaches à chacun des héritiers, Richard devait d'abord savoir la quantité totale de vaches qu'on dénombrait dans le troupeau.

— *Combien il y a-t-il, le vaches ?*

Le cheptel comptait dix-sept vaches.

— Ten seven, lança le curé !

— *Ok. Et qu'est-ce qu'il est le moitié de ten seven ?* demanda Richard.

Tout le monde s'y mit à tenter de se démêler dans l'opération mathématique. La moitié de dix-sept vaches ? Partant du principe qu'il n'est pas évident de donner dans la fraction quand vient le temps de diviser chez la gente animale, que cela met en péril la survie de quelque individu, les cervelles se frappèrent au mur de la virgule. La moitié de dix-sept ?

— Il va falloir scier une vache en deux ! lança le forgeron.

C'est le dernier des fils qui s'opposa :

— Je vas pas me ramasser avec un derrière de vache en héritage, quand même !

— Je vas te la scier dans l'autre sens, niaiseux !

Portée par ce ruminage comptable insoluble, la tension commença à monter. Le volume des calculatrices augmentait, cependant que Richard s'approchait de la petite fenêtre de la cuisine.

— Vous regardez pas dans la bonne fenêtre, Mononcle ! intervint Toussaint l'aîné. Les vaches sont dans la cour d'en arrière ! Vous les verrez par l'autre fenêtre.

Richard maintint la direction de sa curiosité.

— *Il est à qui le petit vache que je vois par ici ?*

— C'est à pôpa ! cria Jeannette.

Le testament

Jeannette! La belle Jeannette! La rayonnante Jeannette! C'était la fille du voisin, une brindille joyeuse et enthousiaste qui savait le langage du sourire et des yeux pétillants. Jeannette appartenait à cette classe rare de monde qui ouvre les yeux le matin et qui crie «Wow!». Elle était un point d'exclamation dont la petite boule sous la barre avait été remontée derrière la tête. Elle portait toujours ce chignon qui ramassait la douceur de ses cheveux dans un pompon noir, libérant du même coup une fine nuque marquée d'une tache de naissance qui disparaissait dans sa crinière comme un mystère aux frontières floues. Une nuque? Un appât à baisers.

Jeannette était une frileuse. Pas des yeux, mais du corps. Elle avait tout le temps froid. Sans doute ce désagrément perpétuel était-il causé par une circulation sanguine souffrante et dont le débit ne suffisait pas à desservir toutes les régions de son anatomie, ou alors par une erreur dans les sondes de thermostat corporel: Jeannette avait les pieds, mains et pointes d'oreilles qui tapaient en permanence à cinq degrés sous la normale saisonnière. Il n'était pas rare de la voir porter une petite laine sur ses épaules frêles au plus fort de la canicule de juillet.

Jeannette avait-elle une fréquentation? Non. Bien que quelques jeunes hommes, dont Toussaint Brodeur, penchassent vers elle même aux jours sans vent, la belle n'avait encore aucune attache malgré son âge qui lui en donnait le droit. Son père lui avait répété souvent:

— Toi, ma Jeannette, on te laissera aller à l'homme qui aura les mains les plus blanches!

La gente célibataire masculine potentiellement intéressée en déduisait que ça lui prendrait un avocat, à la Jeannette. Ou un notaire. Les mains les plus blanches? Peut-être un politicien. En tous les cas, ça lui prendrait quelqu'un qui ne fait rien.

— Il est à qui le petit vache que je vois par ici ?
— C'est à pôpa ! cria Jeannette.
— Si tu voux allez chercher le petit vache, please !

Jeannette partit comme un ressort à l'accomplissement de sa mission vachère. Quand elle revint avec la bête à pis de son paternel, tout le monde était dehors, installé le long de cette clôture de perches de cèdre qui séparait le clos des vaches du clos des gens.
— Mets le petit vache dans l'héritage !

Jeannette s'exécuta en faisant pivoter la section amovible de la clôture qui tenait sur des gonds et en tirant Caillette par la corde. À ce moment, Mononcle Richard relança la question qui niaisait en suspens.
— Il est combien le moitié de dix-huit vaches ?

Deux ou trois têtes logiques répondirent en simultané.
— Neuf !
— Il est neuf ! Bravo ! Alors pousse neuf vaches par cette direction !

On déplaça les neuf rumineuses formant l'héritage de Toussaint dans un coin de l'enclos. Pour la suite du partage, il restait donc neuf bêtes.
— Qu'est-ce qu'il est le deux tiers de neuf vaches ?

L'hésitation fut suivie de quelques mains levées.
— Six !
— Excellent ! Enlevez le six !

On isola six vaches parmi les neufs. C'était pour le deuxième fils. On ne comptait plus que trois queues.
— Qu'est-ce qu'il est le deux tiers de trois ?
— C'est deux !
— Tu as dit le bon chose !

L'attribution du legs du plus jeune frère compléta le partage posthume. Richard se tourna alors en direction de Jeannette pour marquer la fin des transactions.

Le testament

— *Va reconduire le petit vache à ton père et donne-lui merci !*

Dans un geste allumé par la politesse et la gentlemanie vis-à-vis de Jeannette, Toussaint, nouvellement orphelin et propriétaire de neuf vaches, accompagna la fille du voisin dans le retour de l'animal noir et blanc à son domicile. La livraison faite, il retourna sur ses pas et s'étonna qu'il ne reste plus personne de tous ces écornifleux venus mesurer l'allure de l'oncle des États. Seuls ses deux frères s'épivardaient au pacage, comptant et recomptant leur fraction de troupeau.

Toussaint entra dans la maison. Il y trouva Mononcle Richard, seul dans le salon, agenouillé près de la dépouille de son frère, en train de chuchoter ses derniers adieux. S'approchant, le fils aîné remarqua qu'on avait glissé un bout de papier rose dans les mains jointes du cadavre de son père.

— Cinquante piasses? Vous trouvez pas que c'est beaucoup, Mononcle?

— *Il est mort jeune. Cinquante-quatre années. J'aurais voulu offrir plus le temps pour mon frère, mais j'ai pas le moyen de acheter le temps.*

Puisqu'on était dans le sujet, Toussaint osa.

— Vous avez fait comment pour devenir aussi riche, Mononcle?

Richard se retourna, aligna son neveu dans la partie la plus profonde de ses yeux.

— *C'est facile, Touscennes. Tout ce qu'il faut, c'est savoir compter.*

— Il faut juste savoir compter !

Toussaint ressassait la phrase pour s'en faire un proverbe. Pendant ce temps, Richard avait enfilé son manteau de fourrure et remontait dans la diligence pour reprendre la route en direction du Massachusetts.

Avant de refermer la portière à la vitre noire, en guise de dernier au revoir, Mononcle Richard fendit un grand sourire à son neveu qui put voir briller dans sa bouche une dent. En or.

LA GARANTIE CARDIAQUE

Chaque être humain a un nombre fini de battements cardiaques. Je n'ai pas envie de gaspiller les miens.

Neil Armstrong

J'étais un petit garçon et ma grand-mère me racontait ces histoires fascinantes. Elle se déversait dans moi, me remplissait. Sans doute que la proximité y était pour quelque chose. Nous habitions tout proche, mais je pense que j'avais surtout ce talent pour l'écoute, ce plaisir à entendre des histoires et à en faire des images dans ma tête que je superposais ensuite au réel. Bien que, de mémoire, le flot fut continu pendant toute mon enfance et qu'elle n'y alla jamais de langue morte, j'ai souvenir d'une période particulièrement intense entre mes âges de neuf à douze ans. À cette époque précise, elle ouvrit toutes les valves à palabres. Elle s'acharnait sur mes oreilles et mon imagination. Encore petit, je débordais de ses dires, me gavais de ses paroles, de ses personnages et de leurs simagrées. Je gobais sans jamais rechigner, sans égard à la vraisemblance ou à une quelconque logique qui aurait posé des limites au plaisir. J'avalais tout.

Un manteau de museaux?

Gloup!

Un mort avec les pattes en dehors du cercueil?

Gloup!

Le seul élément de cette histoire du testament aux dix-sept vaches sur lequel j'avais tiqué, c'était celui de l'âge du décès du bonhomme Édouard. Cinquante-quatre ans. Non pas que j'y croyais pas, mais c'est seulement que je voyais ma grand-mère, qui était passée tout droit au cinquante-quatre depuis un bon moment déjà, et ça me portait à l'inquiétude.

— C'est pas un peu jeune, cinquante-quatre ans? avais-je osé demander à mon aïeule.

— P'en toutt! C'est un âge normal!

Et elle m'avait expliqué la normalité.

La descente aux affaires

Dans un documentaire radio-canadien sur lequel ma grand-mère était tombée un jour au hasard de la zapette, des scientifiques faisaient observer que le muscle cardiaque, peu importe dans quelle bête il se retrouve, est conçu pour pomper en moyenne deux milliards de coups au total. Selon le brevet de fabrication du cœur, il en irait donc ainsi comme de sa garantie : après deux milliards de pulsations, l'échéance tombe. Bel exemple des origines lointaines du principe de l'obsolescence programmée. Suivant ce calcul, l'espérance de vie – si la vie est une chose qui s'espère toujours ! – de tous les êtres équipés de ce métronome sanguin pourrait se calculer sur le temps que ça prend à chacun pour épuiser ses deux milliards de coups.

Pour démontrer par l'illustration, le reportage scientifique exposait le cas de la souris, mascotte miniature de ce laboratoire. Son pouls ? Cinq cent cinquante battements à la minute. (On comprendra qu'il s'agit là d'un rongeur qui côtoie quotidiennement une bande de cervelés en sarraus blancs, qui ne sait jamais quand est-ce qu'on choisira de lui planter la queue dans une prise électrique sous couvert d'une expérimentation inspirée, or, donc, qui vit sous tension. Cinq cent cinquante bpm, qu'on disait.) Partant de cette mesure, on se lance dans la multiplication et on atteint aisément sept cent quatre-vingt-douze mille battements par jour. Sur une année, on dépasse les deux cent quatre-vingt-neuf millions de battements. Et ainsi de suite, on exponentialise jusqu'à la conclusion mathématique ultime : en sept ans, la souris aura atteint son quota de palpitations. Sept ans.

Le documentaire avait dépêché une caméra au laboratoire sur un retour de vacances des chercheurs. La souris devait célébrer ses sept ans, mais il n'y eut aucune bougie sur le gâteau. Les images confirmaient l'hypothèse. Elle gisait sur le dos, immobile et séchée dans un racoin de sa cage.

La garantie cardiaque

Ce jeu du calcul de la longévité peut s'avérer intéressant pour toute personne dotée d'une calculatrice et/ou d'une curiosité. Il suffit d'appliquer la formule du deux milliards à des espèces prises au hasard, et de savourer.

Pour le plaisir, prenons le cas extrême du colibri. Cet oiseau-mouche brouteur de cruches rouges à sirop sucré est, soit dit en passant, le seul représentant de la race à plumes pouvant être éliminé d'un seul coup de tapette à mouche dans l'éventualité d'une intrusion de domicile. Le colibri, sous des dimensions étonnamment réduites quand on le compare, établit le record du monde sur le plan de la patate quand on le console. Il pétarade à rien de moins que mille deux cents bpm. Il suffit de repasser l'équation avec cette nouvelle donnée pour s'étonner encore : il dépensera ses deux milliards de coups sur trois ans. Vous n'avez pas réussi à l'atteindre avec l'arme de plastique ? Il vous suffit de déposer une assiette sous le volatile à son troisième anniversaire. Floc ! Deux minutes au four à micro-ondes et le tour est joué. Ça se déguste comme un échantillon de poulet à la sauce aigre-douce.

À l'autre bout du spectre pulsatoire, on retrouve la non moins surprenante tortue grise du Pacifique. Dotée d'un calme à faire bouder les bouddhistes, cette sereine de la carapace tourne à vingt bpm. Il s'agit là du plus bas régime disponible dans le monde du moteur. Pour épuiser son budget cardiaque, il lui en coûtera près de deux siècles sans pause. Son espérance de vie s'établit à cent quatre-vingt-dix ans.

La descente aux affaires

Moins le cœur bat rapidement et plus le vieillissement de la bête est lent. Souris, colibri, tortue : tout le règne palpitant y tient. Et quelque part vers le centre de cette vaste étendue nuancée des longévités, il y a cette espèce dont nous sommes : les humains.

Si on lui tire la moyenne, la machine humaine affiche un rythme qui se situe entre soixante à soixante-dix bpm. Appliquant la logique développée par les chercheurs, on déduira qu'elle dispose d'environ cinquante-quatre ans pour s'acquitter de sa besogne des deux milliards.

— Cinquante-quatre ans, c'est un âge normal pour mourir, disait ma grand-mère.

Évidemment qu'avec les avancées technologiques, les découvertes scientifiques et le confort de nos inventions, il arrivera que certains d'entre nous dépasseront le cap naturellement établi par les pronostics. On pourra alors parler de temps emprunté.

À celles et ceux qui ont la chance de nager dans ce bonus post-espératoire, il faut le redire régulièrement : savourez !

La garantie cardiaque

On avait eu cette discussion alors que je bouclais mes onze ans, je crois. Je naviguais donc prudemment vers le quatre centième millions de mes battements cardiaques. Ma grand-mère, quant à elle, avait déjà entamé depuis un moment son deuxième tour de la cassette.

— Ça vous inquiète pas, grand-maman ?

Elle était multimilliardaire de la pompe, ne touchait plus au capital, se suffisait dans les intérêts. Elle était déjà loin devant l'espérance.

— Il faut juste savoir compter !

L'AMOUR ET LA MIE

Les circonstances entourant la mort de son père avaient amené Toussaint à se lancer en affaires. L'aura de réussite qui illuminait Richard l'avait marqué.

— Il faut juste savoir compter!

Enflammé par sa rencontre avec l'opportunité, propulsé par la phrase de l'oncle fortuné, Toussaint passa rapidement à l'action. D'abord, il vendit les neuf vaches de son héritage. Il utilisa ensuite cet argent pour se monter un inventaire important qui allait faire de sa maison un magasin général. La presque totalité du rez-de-chaussée du domicile prit les allures d'une grande surface. On y trouvait tant de choses qu'on finit par y trouver beaucoup de monde. La réputation fut rapide à dépasser les frontières municipales, et l'affluence au commerce ne dérougit pas. Sur les heures de pointe, il devenait difficile de marcher entre les étagères tellement la concentration de clients était grande.

Dans cet achalandage, les gestes du commerçant à servir son monde devenaient une chorégraphie.

Toussaint sortit du comptoir et s'enfargea dans le curé qui avait eu la bonne idée de s'accroupir devant le présentoir des objets de piété.
— Combien vendez-vous vos chapelets?
— Je les vends quinze cennes, monsieur le curé.
Toussaint vendait des chapelets qu'il bénissait lui-même. Il achetait la marchandise en lot, non bénite, et procédait lui-même à la rendre catholique.
— Ils sont très bénis! J'en ai mis deux couches!
Son profit résidait dans ces bénédictions.

Toussaint reprit son trajet en direction de la porte d'entrée qui venait de s'ouvrir sur son bon client et ami, le forgeron Riopel. Cet homme de fer était un colosse dont le déploiement affectait essentiellement le haut du corps : un cou large, des épaules robustes et une masse de pectoraux qui s'étendait jusque dans son dos. Le forgeron, aussi maréchal-ferrant, passait ses journées à l'ouvrage, maniant les marteaux massifs, les ferrailles lourdes et les réticences des chevaux. Tout ça lui avait valu, au fil des ans, ce développement impressionnant au niveau du torse. Cela dit, il n'avait pas de taille. Sculpté comme une toupie, il aurait pu remplacer sa ceinture de culotte par une attache à pain. Le forgeron avait pris place sur une chaise de bois près de la fenêtre.
— Je te sers quelque chose, forgeron?
— Je vas prendre un café sans crème.
— J'ai pus de crème!
— Alors fais-moi un café sans lait!

En revenant au comptoir, Toussaint s'enfargea à nouveau dans le curé.

— Vous savez que le comité de pastorale aussi vend des chapelets ? Et qu'il les vend à seulement dix cennes chacun ?

— Ah ? Ben vous avez juste à aller l'acheter au comité de pastorale, votre chapelet !

Toussaint alluma la cafeuse et, pendant l'infusion, se tourna vers la cliente qui patientait devant la caisse. Il s'agissait là de Madame Gélinas, mère à l'enfantement record. Projet-pilote mis sur pied par la branche colonisatrice du gouvernement dans la foulée du mouvement de la revanche des berceaux, la bonne-femme avait été affublée d'une cinquantaine d'utérus branchés en parallèle. Cette installation intra-bedonne lui avait permis, on l'imagine bien, d'engendrer une incroyable descendance. Après la naissance de son quatre cent soixante-treizième enfant, Madame Gélinas eut droit à la ligature des trompes promise et subventionnée par l'État dans le cadre de son dysfonctionnement. Ce fut aux membres en règle du Cercle des fermières, fines adeptes du macramé, que revint le privilège d'aller nouer définitivement cette toile de Faloppe.

Madame Gélinas, entourée de quelques dizaines de morveux, tapait du pied près du comptoir. Elle se plaignit au marchand général à propos de son arrivage de cerises noires.

— Vos cerises noires, elles sont rouges !

Un temps. Toussaint leva les épaules en soupirant.

— C'est parce qu'elles sont encore vertes, madame !

Toussaint tenait le café lorsqu'il s'enfargea pour une troisième fois dans le curé.

— Le problème, c'est que le comité de pastorale n'a plus aucun chapelet disponible, lança le curé.

— Je comprends : comme moi, quand j'en ai pus, je les vends dix cennes, répondit Toussaint.

Toussaint slaloma jusqu'à la table à laquelle le forgeron avait pris place et déposa le breuvage chaud et sans lait devant son client. Au moment où la soucoupe effleura le vernis de la table, la porte s'ouvrit. Qui était ce nouveau venu comme un cheveu sur la soupe ?

L'amour et la mie

Méo était le barbier du village. Pour se donner une idée de son travail et une justification sur sa qualité, il faut savoir que cet homme de poils était un gaucher refoulé. Craignant la réaction et le jugement de ses compatriotes, il s'était un jour retenu d'afficher sa différence. Un jour, et puis un jour. Et encore. Avec les années, malgré qu'il ait été confiant dans l'idée qu'on ne tienne envers lui aucune discrimination quant à sa latéralité, le secret avait gonflé et devint trop gros pour qu'il ne puisse s'en défaire. Ainsi, tout le monde savait bien ce qu'il en était, mais personne n'osait aborder le sujet.

Était-ce pour s'aider à endurer le poids de son secret que Méo s'engourdissait quotidiennement dans l'alcool ? Suivant sa ligne d'intimité, Méo coiffait ses clients avec la main droite, qui n'était pas sa main habile, et donnait libre cours à sa gauche qui, elle, savait trouver le chemin entre le verre et la bouche.

Méo coiffait lentement, buvait avec adresse, et le débalancement était inévitable. On se relevait de la chaise du barbier et on ne savait plus de quel côté de la tête on avait le visage.

Méo, donc, entra dans le magasin. Il ferma la porte avec fracas et prit la clientèle à témoin.
— Toussaint, je suis venu me faire rembourser!
Silence. Toussaint se retourna lentement.
— Que c'est qui fait pas ton affaire, Méo?
— J'ai échappé ma tranche de pain sur le côté beurré.

Toussaint était un marchand général, ce qui ne l'empêchait pas d'être très particulier. Suivant la veine de ses originalités commerciales, il vendait du pain garanti. Chacune des tranches étant balancée avant la vente, ce qui lui permettait d'offrir l'assurance à ses pratiques qu'advenant une inadvertance qui ferait chuter une toast, on sauverait la mise parce qu'elle atterrirait sur son côté imbeurré.
— Si tu veux un remboursement, ça va me prendre une preuve, Méo!
Méo fouilla dans la poche de son pantalon et en tira le bout de mie qu'il tendit au marchand.

Toussaint récupéra l'objet du litige, le retourna d'un bord et de l'autre. Dès la première observation, il dût admettre que les indices pointaient dans le même sens que le témoignage du barbier: une bonne couche de poussière, de poils et de bouts de cheveux recouvrait la face beurrée.

Méo patientait, les mains sur les hanches, attendait de revoir la couleur de son argent ou alors, du moins, un bout de pain propre. Toussaint acheva son étude et conclut avec assurance:
— Tu l'as pas beurré du bon bord, Méo!

Un matin, Toussaint avait allumé les curiosités.
— Plus il est chaud, plus il est frais!
Le forgeron fut le premier à tenter de deviner.
— Du lait?
— Non! Qui d'autre a une idée? Plus il est chaud, plus il est frais!
Le curé avait osé.
— Méo?
— Mauvaise réponse! Une dernière chance! Plus il est chaud, plus il est frais!
Méo fut inspiré.
— Le pain!
Il avait eu raison.

Si Toussaint pouvait se permettre de garantir son pain, c'est parce qu'il le produisait lui-même. Il avait ajouté cette corde à son arc depuis quelques mois. Après avoir pris conscience, dans un moment de lucidité, que le pain n'était, en définitive, qu'un mélange de farine et d'eau, il avait compris la part de profit importante qui dormait dans chaque miche. Aussi, il avait suivi une formation rapide pour mettre la pâte à sa main. D'abord, il avait appris à préparer son mélange. Farine, eau, pincée de sel et levure. Une fois la matière organisée, il était entré dans la simplicité des quatre étapes qui président à la magie.

La boulangerie est simple, elle tient en quatre étapes :
1. Le pétrissage. L'opération est comme une gymnastique. Elle consiste à taponner, étirer, retourner, tordre, revirer, fouler, masser, écraser, tripoter, presser et remuer la boule de pâte. On sait qu'on a fini de pétrir quand ça nous coince dans les trapèzes et la nuque.
2. La pousse. Cette étape cruciale est celle de la patience. Il suffit de déposer sa motte sous une guenille humide et d'attendre entre trois et quatre heures. C'est pendant cette pause que la levure s'active pour faire gonfler la pâte.
3. Le façonnage. C'est la division et la mise en forme de la pâte à pain suivant l'objectif qu'on a d'obtenir des longs ou des ronds.
4. La deuxième pousse. On donne ici à la levure l'occasion de livrer ce qui lui reste dans le ventre. Trois quarts d'heure suffiront.

Par la suite, ne reste qu'à cuire. Et à vendre.

En suivant ce procédé à la lettre, s'il se réveillait vers trois heures du matin, Toussaint arrivait à produire entre douze et quinze pains quotidiennement. La mise en marché était un coup de génie : il plaçait l'odeur des pains à la hauteur des nez locaux. Ainsi, dès le lever du lit, la clientèle cible prenait une poffe publicitaire qui la rendait zombie et salivante. Au rythme des réveille-matins, chacun déboulait au magasin pour avoir droit à sa part de ce mets chaud et frais.

Toussaint voyait de beaux profits s'accumuler sur le rythme des pains qui s'envolaient chaque petit jour. Si les chiffres étaient intéressants, il ne fallait pas négliger cet autre bénéfice marginal qui s'ajoutait à son bonheur depuis son nouveau métier : la présence de Jeannette.

La fille du voisin n'avait pas tardé à localiser le four à pain briquelé. C'était là une belle source de chaleur pour ses matins de frileuse. En été, la cheminée de Toussaint était la seule à ne pas manquer un seul jour. Jeannette allait donc s'y réchauffer souvent. Toussaint l'entendait venir, de ses petits pas pressés, à l'heure de la rosée. Et son cœur prenait le rythme du trot de la belle qui, par sa joie constante et désintéressée, désarçonnait Toussaint à tout coup.

Un matin, après avoir entendu Toussaint exposer sa théorie commerciale autour du pain, elle avait spontanément éructé d'une poésie approximative dont elle avait elle-même été surprise.

— Si tu mélanges les lettres des mots « argent » et « bonheur », ça fait « boulanger ».

Toussaint était resté pantois. Et sa logique l'avait rejoint.

— Il est où le « h » dans « boulanger » ?

Jeannette ne s'enfargea pas dans les fleurs alphabétiques, elle ne ralentit même pas.

— Il est muet, je pense !

Avec les jours et la progression naturelle dans la complicité, Jeannette mettait maintenant la main à la pâte. Et Toussaint, bien que pétrissant et façonnant sans relâche, mettait tous les rouages de son astuciosité pour trouver la façon d'augmenter la production pour, à terme, augmenter le profit. Sur les fournées où Jeannette ajoutait son aide, la quinzaine de pains pouvait passer à presque la vingtaine, mais pour Toussaint, il en fallait plus. À force de calculs, le miracle se produisit.

Un matin d'août, à l'heure de la rosée, Jeannette surprit Toussaint en train de sortir son cent trente-neuvième pain du four. Son enthousiasme monta d'un degré.
— Wow! Comment tu as fait, Toussaint?
— Ah! Je le dis pas!, lança Toussaint, la fierté dans l'œil.

Tous les pains trouvèrent mangeurs et l'argent, la caisse enregistreuse. Fut-ce une coïncidence si, en fin d'après-midi ce jour-là, le forgeron se pointa au magasin à l'heure où il y avait moins de trafic pour un achat gênant?
— Ça me prendrait un test de grossesse, Toussaint!
Écarquillement des yeux marchands. Le forgeron avait une fille déjà approchant la vingtaine, mais on ne lui connaissait aucune fréquentation. Sinon quoi? Lui-même était veuf depuis des années...
— C'est pour qui, forgeron?
— C'est pour moi!
Pour appuyer ses dires, l'enceint ouvrit sa veste à hauteur du ventre. Sur sa fine taille, une enflure visible, un bedon rond.

Évidemment que Toussaint n'allait pas perdre une vente. Il lui sortit l'équipement à lire dans les entrailles, en poinçonna le prix sur la caisse enregistreuse, et encaissa la monnaie.

Le lendemain matin, à l'heure du pain, Toussaint s'informa de la suite auprès de l'ami arrondi.
— Puis ton résultat ?
Le forgeron expliqua qu'il n'avait pas eu à aller plus loin dans l'investigation.
— En début de soirée, je l'ai perdu.

Fort de cette information, et piqué dans la curiosité, le vendeur distribua quelques questions à ses autres clients. Il découvrit alors que le problème était plus étendu qu'on aurait pu le penser. Dans le silence, chacun s'était caché sous des vêtements trop amples ou des manteaux boutonnés, mais le ballonnement avait frappé tout le monde durant l'après-midi. Aussi, comme pour le forgeron, ça avait culminé à l'heure bleue et tous les indisposés avaient eu droit au délestage.

Il en fut ainsi pour les jours qui suivirent : gonflement en journée et dégonflage au crépuscule. La courbe des ventres suivait la courbe du soleil. Immanquablement, à chaque jour. Ballon, déballon.

Heureusement, cette nouvelle situation n'allait pas nuire aux affaires.

La descente aux affaires

Avec ses quatre cent soixante-treize enfants affectés par ce cycle de charges et de décharges, juste en comptant les achats de langes, Madame Gélinas devint sans aucun doute la meilleure cliente au magasin. Elle commandait les couches en quantité industrielle, à la palette.

Et que dire de Méo qui, pris d'anxiété quant à son évacuation et ses propretés, se mit à acheter des quantités phénoménales de papier de toilette? Il dépassait la centaine de roulettes hebdomadairement. Lui qui vivait seul, et à deux fesses seulement. Cent roulettes! Il abusait à ce point où, rapidement, le magasin brisa son inventaire et tomba en rupture de stock de feuilles hygiéniques. Toussaint, en fin aidant, offrit une solution de rechange aux malades qui, dans le besoin jusqu'au cou, n'eurent pas le choix d'adhérer. On s'essuierait dorénavant avec du papier sablé. La bonne nouvelle fut accueillie avec un sourire forcé, mais se répercuta positivement surtout sur les ventes grâce à ces gens qui revenaient au magasin au bout de quelques jours avec des nécessités de petite crème. L'usure poussait aux achats, et Toussaint savait répondre aux demandes par des offres alléchantes.

Tout le monde souffrait du même problème. C'était épidémique: ballons et largages, quotidiennement et sans relâche. Et ce doux parfum de la fournée matinale planant sur le village aux aurores devenait maintenant un nuage nauséabond à l'heure du couchant. On plongeait dans le crépuscule en se pinçant le nez. L'heure bleue passa au vocable de brunante.

Tout le monde l'avait pogné. Tout le monde, sauf lui.

L'amour et la mie

Le seul qui n'était pas affecté par la malédiction, c'était le curé. Était-ce en lien avec le pain? Personne ne se posait la question. Ce qu'on peut dire à ce jour c'est que chez lui la seule consommation de féculent se limitait à l'hostie quotidienne. Un peu de corps du Christ n'a jamais fait de mal à personne!

Le curé vint à manquer d'hosties. Il débarqua alors au magasin pour s'approvisionner. C'est Jeannette qui l'accueillit. Elle qui avait d'abord prêté main-forte au four à pain avait été promue depuis peu au pitonnage de la caisse enregistreuse du magasin. Avec ce nouveau poste qui la plaçait au-devant du peloton, elle avait aussi à répondre aux questions des clients.

— On a pas de pain d'autel, monsieur le curé, mais je peux vous aplatir quelques tranches de pain avec mon fer à repasser. Ça vous fera des communions avec de la croûte.

L'homme de messe n'eut d'autres choix que d'opiner. Il repartit avec, sous le bras, dans un sac de papier brun, une douzaine d'hosties toastées des deux bords.

À la messe du dimanche, celle des vêpres, le curé s'avança devant l'autel en prévision de l'eucharistie. Il avait enfilé sa soutane immaculée, celle qui était si blanche qu'elle donnait du reflet bleu dans les plis. Il leva les bras bien haut, tendit la tranche de pain à la lumière de fin du jour qui perçait dans les fenêtres, et lança la formule consacrée.

— Ceci est mon corps...

On avait senti un chevrotement dans la voix. Rien pour inquiéter, mais quand même. Un vibrato provenant du fond des tripes.

— ... livré pour vous!

Et le verbe s'était fait chair. Là, devant tout le monde, le curé se livra le corps. L'évacuation fut abondante et la réaction générale.

— On en a ras-le-bol!

La descente aux affaires

Devant l'ampleur que prenait l'épidémie, on n'eut d'autres choix que de faire appel aux autorités de la santé publique régionale, en la personne du docteur Cossette. Ce bon docteur, qui avait son adresse dans le village voisin, sévissait sur l'ensemble des municipalités des alentours.

Docteur Cossette était d'une nature pas pressée. Il se plaçait loin, sur l'échelle du stress, de l'urgentologue ou de l'ambulancier. Il pratiquait plutôt une médecine de campagne douce et lente. Un tranquillementologue, qu'on aurait coché, s'il avait fallu le qualifier. Vous mandiez docteur Cossette à l'apparition des premières contractions? Vous aviez le temps d'accoucher du deuxième bébé avant qu'il ne réponde à l'appel du premier. Dou-ce-ment.

Le curé se présenta au cabinet du susdit généraliste pour tirer l'alarme. Paniqué, la broue dans la gueule, le feu au derrière, il secouait les bras et criait presque. Fidèle à son habitude, la première réaction du docteur fut de calmer le jeu.

— Respirez par le nez!

Ce que le curé refusa net.

L'homme en sarrau blanc accompagna celui en soutane noire. Un tao-mobile. Arrivé sur place, le docteur tira quelques outils et contenants de sa sacoche de cuir. Furent ainsi relevés quelques échantillons de matière brune qu'on soumettrait à la matière grise. Les petits pots furent envoyés sur le champ au centre d'analyse des données fiscales pour en faire tirer un diagnostic précis.

L'amour et la mie

Dans cette crise intestinale, la plus grande crainte de la population du village était celle d'un retour du choléra, d'une deuxième vague de va-vite. On serrait les dents. Et les fesses. Au bout de quelques patiences, les résultats finirent par nous parvenir. C'est le docteur lui-même qui les livra.

— Est-ce que c'est un retour de la va-vite, docteur?
— Non. Pas une va-vite. On parlerait plutôt d'un va-beaucoup.

Demi-soupir de demi-soulagement dans la foule.

— Le problème n'est pas dans la qualité, il est dans la quantité. Médicalement parlant, on n'arrive pas à s'expliquer comment il peut en sortir autant quand il en entre si peu, ajouta le docteur.

Consternation et sourcillements.

— Y a-tu des pilules pour nous soigner? Des piqûres?
— Il n'existe aucun traitement pour le moment. Enfilez des masques de procédure et attendez que ça passe. Le temps va arranger les choses, conclut le médecin.

Le temps va arranger les choses? se demandait, pour soi, chacun. Le docteur n'ajouta rien, aucune lumière, aucun plasteur. Lui-même complètement dépourvu devant la crise, il était allé au hasard dans sa prescription, mais il ne pouvait pas tomber plus juste. Le temps allait bel et bien arranger les choses.

Pour comprendre l'origine de la pestilence, il fallait l'observer dans son contexte. Et ce qu'on ne savait pas, ce que tout le monde ignorait, ce qui avait échappé au représentant de la santé publique et aux analystes échantillonneux, c'est qu'au départ, Toussaint, pour augmenter sa production de pain, avait enlevé l'ingrédient « temps » de sa recette. Il avait conservé la farine et l'eau, mais il avait coupé la portion de patience. Cela voulait dire, concrètement, qu'il procédait avec le pétrissage et qu'il sautait ensuite au façonnage et à la cuisson. Ainsi, les étapes de pousse, celles où il fallait attendre pendant quelques heures que la levure fasse son travail, se trouvaient sacrifiées. Et de même, la santé du village.

Quelques-uns avaient bien remarqué des changements dans la marchandise.
— Les pains sont plus petits qu'avant, on dirait !
Toussaint avait toujours rassuré son monde.
— Y a autant de farine dedans qu'avant : même quantité, mêmes ingrédients, y a juste un peu moins d'air ! qu'il disait.
Il avait raison : sur le plan des solides et des liquides, tout y était. Le goût n'était pas altéré, l'odeur était intacte. La densité seule avait changé. Mais on le sait, l'essentiel est invisible aux yeux. Ce qui manquait dans la fournée, c'était le temps. Comme ça, personne ne se méfiait et une fois le pain ingéré, une fois la mie soumise à la chaleur et l'humidité intérieures de l'estomac, l'activité se déployait. La levure, jusque-là endormie, sentait l'appel au soulèvement. Et ça gonflait, gonflait, gonflait. Ainsi, vous mangiez trois tranches pour déjeuner et vous pondiez une miche en fin d'après-midi.

L'amour et la mie

— Le temps va arranger les choses! avait lancé le curé pour consoler les patients.

Un matin, Toussaint, les deux mains plongées dans la poche de farine, était à boulanger quand il l'entendit venir. Jeannette courait dans la rosée. L'homme au pain se secoua un peu les paluches et déposa une main accueillante sur l'épaule de la visiteuse.
— Bonjour Jeannette!
— Viens, Toussaint!
— Où, ça?
— C'est aujourd'hui que ça se passe!
Toussaint se montra réticent.
— Je suis pas arrangé, Jeannette...
— Pas d'arrangeage! Viens!
Toussaint emboîta le pas. Jeannette le conduisit directement chez elle, devant son père. Les deux hommes partagèrent quelques mots et nouèrent l'entretien dans une solide poignée de main. Pouf! Un nuage de farine jaillit dans l'impact des deux paumes.

Le père de Jeannette l'avait toujours dit et il tiendrait parole.
— L'homme aux mains les plus blanches!

Selon ses propres volontés, Jeannette se vit accordée à Toussaint. Les deux tourtereaux se fiancèrent rapidement et annoncèrent bientôt la date du mariage. Sur les semaines qui suivirent, Jeannette passa de plus en plus de temps chez et avec Toussaint. Aussi, portée par son penchant naturel pour la chaleur du four, elle s'appropria progressivement l'ensemble des tâches qui concernaient la fabrication du pain. Il se trouva bien quelques langues sales du voisinage pour dire que Toussaint avait pris Jeannette par souci d'économie, pour l'argent ou quelque autre dérive. Pourtant, les faits parlent autrement: Jeannette était issue de famille pauvre et ne venait qu'avec, pour seule dot, du temps. D'ailleurs, le premier geste qu'elle posa en prenant les gouvernes boulangères fut celui de remettre la patience dans les étapes de la recette, de réintégrer les périodes de pousses dans la méthode.

— Le temps va arranger les choses !

Tout se passa tel qu'il avait été dit par le docteur. La crise eut l'air de se régler par elle-même. L'épidémie disparut comme elle était venue.

Presque.

L'amour et la mie

Une fois, une seule, Toussaint refit une fournée à sa façon. C'était au jour de son mariage, alors que Jeannette devait partir tôt le matin pour aller enfiler sa robe et se faire coiffer. La tâche lui revint, il ne s'en plaignit pas. En ce jour béni, Toussaint sortit un record de cent cinquante petits pains de son four, petits pains qui ne connurent pas le succès habituel. Étrangement, peut-être à cause d'une clientèle maintenant habituée aux nuances panetières de Jeannette, le marchand n'écoula même pas la moitié de ses croûtes. Futur marié trop heureux, il ne ronchonna pas une miette et finit par balancer tous les invendus sur la galerie arrière du magasin en guise de repas pour les oiseaux des alentours.

La descente aux affaires

À la sortie de la messe, tous les convives demeurèrent sur le perron de l'église pour la prise de photo officielle. Le moment s'étira, porté par un tireux de portraits trop perfectionniste.

— Déplacez les plus petits vers l'avant! Assoyez les vieux! Collez-vous! Attention de ne pas cacher la mariée! Rapprochez les épaules, vous sortez du cadre! On garde le sourire! J'ai vu des yeux fermés!

L'instant commençait à être tanné. Les soupirs d'exaspération fusaient.

— Le petit oiseau va sortir! lança enfin le photographe.

Et ils vinrent, les petits oiseaux. Était-ce des mésanges ou des colibris? Même un ornithologue chevronné n'aurait pas su dire. Les ailés étaient gonflés comme des ballons, la peau tendue, les plumes coiffées en oursin. Gros comme des outardes mais portés par des ailes miniatures.

La volée fit son apparition au-dessus de l'érable qui faisait de l'ombre au clocher, virevolta en rase-mottes jusqu'à faire le détour devant l'église et survola la noce en lâchant une salve de confettis foireux et tièdes.

Prout!
Splash!
Beurk!
Ploc!
Pouah!
Pschit!

La photo fut développée en sépia. Ne manquait aucune teinte de bruns dans les nuances imprimées. Sur le cliché, Méo avait la bouche ouverte parce que la dégaine avait été lancée sur l'instant précis où il criait.

— Ça va rester dans les annales!

Chacun partit de son bord. Les nouveaux mariés revinrent au magasin. Ils n'iraient pas plus loin. Être marchand général, à cette époque de l'histoire de nos villages, conférait un rôle de service essentiel. Aussi, la seule option pour les unis de partir en lune de miel aurait été de le faire chacun leur tour. Ils décidèrent plutôt de rester.

Ce soir-là, comme pour les milliers de soirs à venir, Jeannette monta tôt dans la chambre à coucher. Elle, qui était passée du four à pain à la caisse enregistreuse, allait partager pour la première fois l'oreiller de Toussaint. Jeannette alla au lit tôt, suivant ses habitudes de dodo, parce qu'à moins de neuf heures de sommeil quotidien, son petit système corporel réagissait. Dans ces cas, la fatigue se lisait dans le ganglion sous sa mâchoire, côté gauche, qui enflait, immanquablement.

Toussaint, quant à lui, prit le temps de fermer son magasin comme il se doit : tourner la pancarte « fermé », barrer la porte, compter le contenu de sa caisse enregistreuse, et encore. La routine marchande expédiée, il grimpa à son tour l'escalier.

Une fois en haut, il se faufila furtivement dans les couvertures sous lesquelles, déjà, sommeillait la mariée. Il glissa lentement son corps le long de celui de Jeannette, se fondit sur elle, en cuillère, et déposa sa main sur l'épaule de sa femme, juste sous la clavicule. Jeannette gémit de bonheur, doucement. Toussaint chuchota.
— Jeannette...
— ...
— Ô ma belle Jeannette...
— Dis-le, Toussaint !
— ...
Attendant la réponse de son homme, la jeune mariée déplaça ses pieds frettes pour venir les poser sur les jambes de Toussaint qui fut saisit.

La descente aux affaires

— Jeannette...
— Dis-le moi !
— Je pense que je vais t'acheter des bas de laine !

LA POULE AUX ŒUFS DRÔLES

— Il faut juste savoir compter!

Surfant sur cette maxime et jouant de son flair en affaire, Toussaint Brodeur se retrouva rapidement à la tête d'une aisance et d'un confort assez élevés. Il atteignit d'ailleurs bientôt ce plateau des ambitions qui sonne l'heure d'acheter une montre. On en connaît mille exemples de ces gens qui, sur une sonnerie – est-ce hormonal ou budgétaire? –, se réveillent un matin avec le besoin profond de s'équiper le poignet. Toussaint n'y échappa pas et, un soir, il avisa Jeannette.

— Demain, si ça te dérange pas de t'occuper du magasin, j'en profiterais pour aller magasiner.

Fut dit, fut fait. Aux aurores, Toussaint attelait ses deux chevaux et prenait la route en enfilant le chemin des Loisirs. Ça trotta jusqu'à passer Saint-Paulin, roula jusqu'à bifurquer sur le Renversy de Saint-Léon et fila, fila jusqu'au boulevard Saint-Laurent de Louiseville. Le convoi à destination fut stationné devant la bijouterie Giguère, où Toussaint entra prestement.

La descente aux affaires

L'idée que se faisait le marchand d'une bijouterie était surtout celle d'un inventaire de montres et d'horloges à coucou. Il avait donc appréhendé une boutique à aiguilles, à cadrans, à pendules et à secondes. Son étonnement fut de taille quand il y mit les pieds pour cette première fois. Il y découvrit une somme d'objets brillants : des colliers, des boules d'oreilles, des pierres scintillantes sur des bagues chromées, autant de choses pour allumer les yeux de cet homme avide de richesse. Et dans un coin du présentoir vitré, ce métal fascinant et jaune : l'or.

Une petite maison en or.
Un petit cheval en or.
Un buste de Mozart en or.

Toussaint échappa une curiosité :
— Faites-vous des dents ?, demanda-t-il.
Le bijoutier hocha du chef.
— Est-ce que des gens deviennent un jour si riches qu'ils finissent par s'acheter des bibelots en or pour décorer leur maison ?
— Non, répondit le joaillier. Les gens achètent de l'or comme ils font un investissement. L'or est une valeur refuge. Quand les marchés tombent, l'or tient. Certains d'entre eux donnent dans le lingot, d'autres préfèrent des patentes moulées, comme celles que vous voyez ici. Au final, les deux se valent : même valeur, même prix.

Toussaint était soufflé par le faste de l'inventaire. Il ferma un moment les yeux pour se contenir, reprit pied et souffle, et passa à l'objet de sa visite : l'achat d'une montre. Il essaya quelques modèles, en apprécia les poids, les tailles, les cuirs de bracelet, les chiffres et les aiguilles. Il hésita un peu, repassa une seconde fois sur les exemplaires qui lui avaient plu au premier tour, et, à la fin, fixa son choix sur un caillou aux dimensions importantes, un mécanisme dont le prix lui fit dire que jamais il ne la porterait à son bras parce qu'il avait trop peur de se la faire voler.

La poule aux œufs drôles

Toussaint avait un coffre-fort. Tant pour y placer ses objets de valeur que le fruit des caisses quotidiennes du magasin qu'il accumulait quelques jours avant d'aller à la banque, cette voûte de ferraille couvant ses avoirs le rassurait. La porte lourde de cette boîte blindée s'ouvrait grâce à une roulette avec laquelle il fallait aligner les dix-huit chiffres avant d'entendre le déclic. C'était la façon de tirer la bobinette et de faire choir la chevillette. Cela dit, même en connaissant la douzaine et demie de numéros par cœur, faire l'enfilade sans erreur demandait concentration. Il fallait toujours prévoir une bonne vingtaine de minutes pour que le propriétaire lui-même arrive à accéder à son trésor.

Dès son retour de la bijouterie, Toussaint déposa sa montre dans le coffre. Rien de plus pratique ! À partir de là, si vous souhaitiez savoir l'heure, il suffisait de demander à Toussaint qui allait aligner la combinaison, ouvrir le coffre, consulter les aiguilles, déduire vingt minutes à l'heure obtenue et – tadam ! – vous saviez l'heure exacte que vous vouliez connaître au moment où vous l'aviez demandée !

Autre avantage non négligeable de la présence de cette montre dans le coffre était cette propriété du caisson mécanique qui avait pour effet d'amplifier exagérément les bruits provenant de l'intérieur. En effet, depuis le dépôt de la tocante dans les entrailles métalliques, la maison était secouée par ce tic-tac incessant, assourdissant, agressant des secondes qui tombent.
Tic.
Tac.
Tic.
Tac.

Depuis plusieurs jours déjà que Jeannette ne dormait plus.
— Ça fait quasiment une semaine que j'ai pas eu le luxe de fermer les deux yeux en même temps, Toussaint. J'ai l'impression qu'on dort avec une bombe à retardement dans la maison !
Elle avait les yeux cernés d'obscur et le ganglion du côté gauche qui lui pendait jusqu'à la taille.
— T'es pas assez fatiguée, Jeannette. Quand tu vas être assez épuisée, tu vas voir que tu vas t'endormir ! lui répondait Toussaint, empathique.

La poule aux œufs drôles

Récemment, Toussaint avait ajouté une section « restaurant » à son magasin. Équipé de deux belles banquettes de cuir pouvant accueillir au total une dizaine d'affamés, ce nouveau département de la généralité servait aux matins exclusivement pour le service des déjeuners. Toussaint vendait son pain en tranches toastées sur le poêle à bois et les œufs tournés sur les mêmes plaques.

— Du pain et des œufs, comme disait l'autre!

Des œufs! Nouveaux fruits d'un autre beau calcul de ce fin investisseur. Après la passe-passe du pain aux bénéfices nombreux, Toussaint avait mis sur pattes une basse-cour de jeunes avicoles dynamiques. L'agriculture pondeuse était, et demeure encore aujourd'hui, un autre bel exemple du potentiel vaste de la marge de profit basée sur la minceur des coûts de production. En effet, la poule ne demande pas grand budget pour se nourrir. On lui jette des restants de table, des cotons de blé d'Inde, et encore. La poule est l'ancêtre du bac à compost. Et du bac à récupération. Et de la friperie et du centre de tri. De vieux vêtements, une boîte de clous rouillés... La poule ingère tout. Elle mouline et le dur, et le mou, et le petit, et le gros. C'est à se demander quel broyeur on a pu installer dans le ventre de ces bêtes pour qu'elles arrivent à s'introduire tout et si aisément, et qu'elles trouvent à en faire et du jaune et du blanc.

Toussaint aurait pu se satisfaire de la vente d'œufs à la douzaine, mais ça aurait manqué d'ambition. L'homme d'affaires savait bien que le gros de son profit dormait dans le secteur tertiaire. Alors il les cuisinait. Et quand venait le moment de servir la facture au client, il justifiait son total.

— La coquille, je vous la charge pas parce que je la jette! Le blanc, c'est juste de la bourrure, ça nourrit personne! Je calcule le jaune seulement.

Cette politique du jaune payant cachait son espièglerie dans l'entourloupette suivante, à savoir que quand le cuisinier craquait un œuf à deux jaunes, il pouvait doubler le montant de l'addition sans que personne n'ose rouspéter. Tout simplement.

La poule aux œufs drôles

Ce matin-là, les banquettes du magasin débordaient de déjeuneurs, les plaques de la cuisinière au bois dégoulinaient d'œufs. L'un des mangeurs était bruyant, parlait plus fort que tous les autres.

— Il paraît qu'ils ont aperçu une bête mythique dans le rang du Bout-du-Monde à Saint-Paulin. Un animal légendaire, une bibitte impossible dans la réalité. Ils l'ont vu de leurs yeux!

— Ils ont-tu vu un centaure? Un corps de cheval avec une tête de gars?

— Non! C'est une bête mythique qu'ils ont aperçue dans le rang du Bout-du-Monde à Saint-Paulin. Un animal légendaire, une bibitte impossible dans la réalité. Ils l'ont vu de leurs yeux! Comme de la vérité!

— C'était-tu une sirène? Une femme-poisson qui serait passée d'sour le pont dans la rivière du Loup?

— Non! C'est pas ça! Laissez-moi le dire! C'est une bête mythique, un animal légendaire!...

Tous attendaient, et le parleur divulgua finalement son punch.

— C'est une poule... qui faisait des œufs à douze jaunes!

Toussaint se revira instantanément, la spatule à la main.

— Combien de jaunes?

— Douze!

— Par œuf?

— Oui. Puis par jour!

Toussaint enleva le tablier de cuisinier qui tenait autour de son cou et le tendit à Jeannette.

— Occupe-toi de finir les déjeuners, Jeannette, je vais aller acheter la poule!

En moins de temps qu'il n'en faut pour cuire un mollet, Toussaint était sur la route. Il se rendit sur le rang du Bout-du-Monde et accosta à la ferme d'Alarie.

— Je suis venu acheter votre poule !
— Ma poule ? Quelle poule ? demanda le fermier.
— Votre poule de douze jaunes !
— ...

Alarie ne semblait pas comprendre.

— Qui vous a dit ça ?
— Tout se sait ! lança Tousaint.
— Ma poule est pas à vendre !

Toussaint plaça alors un premier pion.

— Je vous offre une piasse pour votre poule !

Une piasse ! Si on considère que la volaille se détaillait à l'époque autour de trois cennes par crête, on comprend qu'il s'agissait là d'une offre considérable pour décoller une enchère de poule.

— Je peux pas la vendre, elle est trop vieille. Elle s'en va sur ses treize ans... Elle a plus aucune dent dans la gueule, argumenta Alarie.

À quel âge une poule devient-elle une vieille poule ? Nul besoin d'être un expert en caquetage. Sachant qu'un cœur de poule tourne à environ deux cent soixante-quinze battements à la minute...

— Et si je vous offrais deux piasses ? osa Toussaint.
— C'est une question d'émotions. Je suis attaché à cette poule-là. Ce n'est pas une question d'argent, loin de là, mais en bas de trois piasses, je la garde.

Toussaint fouilla dans sa poche et tendit les trois billets verts. Une aberration. L'acheteur payait cent fois le prix du marché.

— La poule est à toi. Y aura qu'à venir la chercher demain matin, conclut l'éleveur.

Toussaint rentra chez lui, le cœur content et la bouche sifflotante. On l'attendait en nombre et en impatience.
— Puis? La poule? demandaient-ils tous.
Toussaint se vanta de son talent de négociateur et du bâclage de la transaction.
— Je l'ai payée, il m'a serré la main et m'a dit : Elle est à toi !
— Elle est où?
— Elle fait une dernière nuit chez son père naturel. Je vais la chercher demain matin.
Tout le monde se réjouissait et partageait la hâte de rencontrer l'oiseau fabuleux.

Le lendemain matin, au chant du coq, Toussaint prenait la route. Il apportait avec lui une caisse de bois fermée d'un couvercle dans laquelle il déménagerait la bête. Il atteignit le rang du Bout-du-Monde et surprit Alarie qui errait en pyjama dans le poulailler. Le fermier inclina une tête triste à la vue de Toussaint.
— Tu me croiras pas...
Il leva les épaules en signe d'impuissance.
— Elle est morte !
— Votre poule est morte ?
— Non. Pas MA poule, TA poule !

Toussaint se braqua. Il négocia à rebrousse-plumes de ce qu'il avait fait la veille, il tenta de se déproprietariser de la poule. Il avança qu'il ne l'avait encore même jamais vue, qu'on devait le rembourser.
— Tu l'as payée, elle est à toi ! plaida Alarie.
Le vendeur ne plia pas. Toussaint n'eut d'autres choix que de se résoudre à la prise de possession du cadavre. Il récupéra la dépouille plumeuse sur le tas de fumier, la secoua un peu pour enlever le plus gros et la déposa dans le fond du cageot avant de reprendre la route vers son domicile. Chemin faisant, il mijota. Il savait bien qu'une foule nombreuse l'attendait au magasin pour pouvoir enfin observer le spécimen rare.

Toussaint entra et fit glisser la boîte sur le plancher du magasin. L'attroupement se fit naturellement autour du butin.

— Vas-y, Toussaint !

Les gens se pressaient pour voir l'oiseau.

— Ouvre la boîte !

— Montre-nous-la !

Toussaint tempéra les ardeurs.

— Celui qui sera le propriétaire de la poule décidera lui-même s'il préfère la montrer ou pas.

— C'est toi le propriétaire, Toussaint ! dit Méo.

— Pensez-vous que j'ai acheté ça pour moi ? Une poule à douze jaunes : tout le monde a droit à sa chance !

— Ben voyons… Personne ici n'a les moyens de payer trois piasses pour racheter la poule, renchérit le forgeron.

— Je l'ai achetée pour la faire tirer ! Je vends des coupons à dix cennes chaque, annonça Toussaint.

Il se tourna vers le comptoir pour lancer la logistique.

— Jeannette, découpe-moi donc cent coupons !

En moins d'un quart d'heure, sans même sortir du magasin, plus de quarante coupons avaient trouvé preneurs. Pressé de questions à savoir quand aurait lieu le tirage, Toussaint expliqua aux joueurs qu'on procéderait dès que les cent billets seraient écoulés. Du coup, et pour accélérer la tombée de l'échéance, tout le monde se mit à la vente de coupons. Un convoi se mit en branle sur la rue Principale, zigzaguant de porte en porte, pour distribuer des chances de gagner. Toussaint marchait derrière la bande, promenant la caisse contenant le gros lot avec lui. La campagne fut un succès. Même le curé, qui sermonnait habituellement contre la pratique des jeux de hasard, encouragea le vice en jouant une mise.

Le seul qui n'acheta pas de billet, ce fut Toussaint. Personne ne s'en formalisa. L'organisateur n'a pas le droit de participer à sa propre loterie parce que s'il gagnait, ça mettrait trop de doutes sur son honnêteté.

En fin d'après-midi, la parade prit fin devant la maison de Marie-Paule Lavergne, au bout de la rue Principale. Les cent billets étaient vendus.

Toussaint grimpa sur la boîte de bois pour annoncer le grand moment.
— C'est l'heure du tirage!

Suivant la règlementation en cours à l'époque à l'office des loteries du Québec, toute organisation usant du hasard devait faire appel à un aveugle quand il était temps de procéder à un tirage. De cette façon, pensait-on, par le principe de cécité, on éliminait logiquement toute chance de tricherie.

Un problème de taille se présenta. Le village de Saint-Élie-de-Caxton ne comptait aucun aveugle dans ses rangs. Combien de non-voyants dans le recensement? Zéro. Certains classèrent cette situation dans la liste des malchances.
— Ça regarde mal, commenta Méo.

Pas d'aveugle. Que faire alors? Toussaint eut la brillante idée de se rabattre sur un malentendant.
— Y a-tu un sourd?

Aucune réponse, aucune main levée. Il crut bon de reprendre la question en augmentant le volume.
— Y A-TU UN SOURD?

Toussaint n'obtint que du silence suite à sa question. Alors ou bien il n'y avait aucun sourd, ou bien il y en avait un mais il était muet. L'organisation n'eut donc d'autre choix que de se tourner vers l'ultime alternative.
— On va prendre un gaucher!

Méo fut appelé à la barre. Il y alla de sa main droite dans le chapeau, et y pêcha le coupon gagnant qu'il remit ensuite à Toussaint.
— Et le gagant est...

La poule aux œufs drôles

La poule fut livrée au gagnant. Tout fut fait dans l'ordre.

Un peu plus tard, Toussaint revint au magasin avec de la fierté plein le sourire. Il fut accueilli par la série de questions de Jeannette qui, obligée de tenir le magasin durant l'absence de son homme, ne savait toujours rien du dénouement de l'histoire.

— Puis?

Un temps.

— Puis? insista-t-elle.

— On a eu un gagnant! résuma Toussaint.

Encore un temps.

— Toussaint, il va falloir que tu m'expliques un peu mieux! Je comprends pas! Pourquoi est-ce que, après avoir tant voulu posséder cette poule-là, ton premier réflexe a été de la faire tirer?

Et une autre sorte de temps.

— Elle était morte, Jeannette!

— Hein? Es-tu en train de me dire que tu as fait tirer une poule morte?

— T'as bien compris.

— Ben voyons, Toussaint. T'es fou? Tout le monde va être en maudit contre nous z'autres.

— Jeannette, calme-toi! Le seul qui est fâché, c'est celui qui a gagné. Tous les autres, ils ont pas gagné, alors qu'elle soit morte ou vivante, ça leur fait rien.

— Et qui c'est qui a gagné?

— C'est le curé qui a gagné.

— Fait que le curé est en colère contre nous z'autres?

— Ben non, Jeannette. Il s'est défâché parce que je lui ai remboursé son billet.

— ...

Jeannette s'enquit de ce qui sentait si mauvais dans la caisse de bois.

— C'est la poule morte!

— Tu viens pas de me dire que le curé l'a gagnée? Je te suis pus...

— C'est ça que j'ai dit, Jeannette! Mais quand il a vu qu'elle était morte, la poule, il a eu dédain. Il m'a offert dix cennes pour que je l'en débarrasse.

— Va enterrer ça dans la cour, Toussaint. Ça sent la charogne.

— Il en est pas question! Cette poule-là a pas fini de pondre, ma femme!

La poule aux œufs drôles

Le lendemain du jour du tirage, Toussaint invoqua un ajustement à faire sur sa montre qui, selon lui, prenait du retard.

— Peux-tu t'occuper du magasin pendant que je vais à la bijouterie, Jeannette?

Jeannette prit sur elle de tenir le fort pour l'avant-midi, cependant que son mari irait se faire remettre le pendable à l'heure.

Il attela ses deux chevaux et prit la route en enfilant le chemin des Loisirs. La carriole trotta jusqu'à passer Saint-Paulin, roula jusqu'à bifurquer sur la route du Renversy de Saint-Léon et fila, fila jusqu'au boulevard Saint-Laurent de Louiseville. La destination atteinte, Toussaint stationna devant la bijouterie Giguère et entra prestement. Il se plaça devant le présentoir vitré où étaient en montre les objets d'or.

— Vous auriez pas ça, dans votre inventaire, un œuf?

Le bijoutier se pencha, débarra un des panneaux qui fermaient l'arrière du présentoir, en sortit un coffret qu'il ouvrit sous le nez de Toussaint. Sur l'écrin de velours, l'oval précieux étalait sa coquille brillante.

— C'est du cent carats, dit le bijoutier. Y a que des carats dans cet œuf-là. Pas une goutte de blanc, rien que du jaune!

Toussaint s'informa du prix.

— Sept piasses!

Pincement au ventre de Toussaint. Pour investir autant, il fallait être sûr de son coup. C'est connu : la valeur du lingot tient dans la confiance des investisseurs.

— Voilà.

Toussaint régla, rubis sur l'ongle. Quelques minutes plus tard, il reprenait la route pour revenir chez lui. Chemin faisant, il décida d'emprunter le détour par le rang du Bout-du-Monde pour faire une halte rapide chez Alarie.

Voyant venir Toussaint, Alarie dû retenir l'ampleur de son rictus moqueur.

— Et puis, ta poule ? s'enquéra l'éleveur.

— Je suis satisfait. Ça dépasse mes attentes, confia Toussaint.

Alarie coiffa d'une paire de sourcils froncés son sourire narquois.

— Tu vas pas me faire croire qu'une poule morte peut pondre des œufs de douze jaunes, quand même.

— Je dis ben plus que ça ! Ce que je dis, c'est que ça dépasse mes attentes !

Pendant qu'il insistait sur sa satisfaction, Toussaint fouillait dans sa poche. Il en sortit l'œuf acheté à la bijouterie.

— En or ? demanda Alarie.

— Pur ! confirma Toussaint.

Alarie était estomaqué.

— Combien pour la poule ?

La poule aux œufs drôles

Toussaint céda le cadavre de poule à Alarie pour la coquette somme de dix piasses. Il revint chez lui avec un œuf en or, une montre ponctuelle et les poches pleines d'argent. Quand il entra dans la maison, Jeannette dormait déjà. Il déposa son trésor dans le coffre-fort, s'assura que toutes les portes étaient barrées, souffla la dernière chandelle et grimpa l'escalier.

Une fois en haut, il se faufila dans les couvertures de son lit et glissa lentement son corps le long de celui de Jeannette. Il se moula sur elle, en cuillère, et déposa sa main sur l'épaule de sa femme, juste au-dessus du sein. Jeannette marmonna son bonheur, doucement. Toussaint chuchota.
— Jeannette...
— ...
— Ô ma belle Jeannette...
— Dis-le, Toussaint!
— ...

Dans l'attente de la réponse de son mari, on entendait que les pas de la montre qui tournait en rond dans son repaire métallique.
Tic.
Tac.
Tic.
Tac.

— Jeannette...
— Dis-le moi!
— Je pense que je vais t'acheter des bouchons pour les oreilles!

LE PARADIS FISCAL

> *Le contraire de la misère, ce n'est pas la richesse.*
> *Le contraire de la misère, c'est le partage.*
>
> Abbé Pierre

Mononcle Richard, lors de sa visite de testamenteur, avait expliqué à Toussaint qu'il aurait aimé offrir plus de temps à la vie de son frère décédé trop jeune. Depuis que ma grand-mère m'avait raconté cette histoire, cette idée me trottait dans les réflexions. J'avais fini par oser la questionner.

— Mais le temps, grand-maman... En as-tu déjà vu? Il a une couleur?

Elle m'avait répondu sans attendre, comme si tout ça tenait de l'évidence.

— Le temps est invisible. On le voit pas, il sent rien non plus. Mais il a un son, le temps.

Sa main avait dirigé ma tête d'enfant sur sa poitrine.

— Écoute!

Boum-boum. Son cœur battait, c'était le bruit du temps.

Tic. Tac. Ma grand-mère me racontait que la durée d'une seconde, à sa création, avait été établie sur le bruit cueilli au stéthoscope dans la poitrine d'un roi. Ou d'un pape. Du moins, d'un cœur. De la même façon que la mesure du pied s'est dessinée sur la distance qui séparait le talon de la pointe du gros orteil de Charlemagne ou que le pouce est né sur la première phalange du doigt d'Henri IV, la seconde originelle est venue d'une cage thoracique. Parce qu'il fallait bien se partir sur du concret, celui qui lança cette plus petite unité de temps, cet atome de l'éternité, avait eu la bonne idée de la mouler sur un cœur noble. Sachant ça, il ne faut pas s'étonner que nous tenions le tempo autour des soixante pulsations à la minute, tournant presque en accord avec la trotteuse.

Toujours selon l'aïeule, le principal problème de la prise en compte de cette donnée palpitante est dû au fait que nous choisissons de mesurer les rythmes cardiaques de façon individuelle alors que, dans la réalité, tous les cœurs battent simultanément.

Combien d'habitants au village? À ce temps légendaire, si on tient compte de la pouponnière de Madame Gélinas, le recensement devait virer autour de six cents individus. À soixante battements à la minute pour chacun, on peut estimer une pétarade collective de trente-six mille bpm. Et à l'heure? À un peu plus de deux millions. Donc l'équivalent de presqu'un mois individuel pour chaque minute collective. On s'y emmêle dans le calcul, mais la logique reste à notre portée: cette chose, des centaines de cœurs qui chamadent en même temps et dans la même direction, on sait la nommer. Elle s'appelle «le temps qui passe». C'est un roulement de tambour tenace qui a pour effet celui du vieillissement des gens. Personne n'y échappe.

Le paradis fiscal

Les signes du vieillissement allaient différemment selon la personne sur laquelle on les lisait. Pour le cas du forgeron, ça sautait aux yeux. C'était une cécité. Il était devenu aveugle à cause d'un glaucome mal soigné. Dans le déni, il s'acharnait à maintenir son rythme de travail d'antan. Sans rien y voir, il continuait de swigner ses marteaux géants. Au hasard, il balançait sa massue avec espoir d'atteindre une cible.

— Je vais bien finir par le taper, le clou !

Le forgeron se plaignait. Il se sentait abandonné et mettait le relâchement des fréquentations d'amitié sur le dos de l'âge. Cela venait en vérité du fait que plus personne n'osait mettre les pieds dans la forge, de peur de se faire défigurer par un coup de maillet étampé dans le milieu du front.

Le curé, de son côté, fut surtout affecté aux oreilles. Il devint sourd, graduellement, jusqu'à ne plus percevoir qu'environ trente pour cent des ondes sonores qui frappaient ses tympans. Pour combler le déficit auditif du confesseur, les repentants n'avaient d'autres choix que de crier leurs péchés. Du coup, tout le monde était au courant de tout.

Jeannette, elle, ressentit la somme des années dans la diminution des degrés. On vieillit tous par notre maillon faible ! Pour elle, c'était celui de la frilosité. Plus elle avançait en âge et plus elle avait frette. C'en était devenu inquiétant à ce point où le docteur avait cru bon de vérifier son cœur et sa circulation sanguine. Tout semblait en ordre. Son cœur pompait la normale humaine, soit environ huit mille litres de sang quotidiennement.

À un moment, Jeannette atteignit ce point culminant du thermomètre interne où la souffrance est susceptible de provoquer des hallucinations.

— J'ai fait un rêve, Toussaint.

— Lequel ?
— J'ai rêvé que tu m'avais acheté... un manteau de fourrure !
Toussaint cessa toute activité.
— Pardon ?
— Un manteau de fourrure !
Toussaint fit face.
— Jeannette... Sais-tu combien ça coûte, un manteau de fourrure ? Je pense qu'ils basent leur calcul sur le nombre de poils !
Il s'avança vers Jeannette, pour se donner du convaincant dans l'argument vestimentaire.
— Sais-tu comment on appelle ça, un vendeur de fourrures ?
— ...
— Un fourreur, Jeannette ! Un fourreur ! Ça te sonne pas une cloche sur le prix qu'ils peuvent nous vendre ça ?
Jeannette ne savait pas quoi répondre. Toussaint profita du moment faible pour clore la non-discussion.
— Tu as rêvé que je te donnais un manteau de fourrure, Jeannette ? Prends-en bien soin, c'est le seul que je vais te donner !

Le paradis fiscal

Le forgeron, le curé, Jeannette... Tout le monde vieillissait. Et madame Gélinas, la mère des quatre cent soixante-treize enfants, échappait-elle à l'usure du temps, elle? Non. D'ailleurs, elle venait de mourir.

La mort sait calculer ses effets. Cette fois-ci, elle y alla d'un coup théâtral bousculant. Pour marquer l'imaginaire, quoi de mieux que de venir chercher une mère de quatre cent soixante-treize enfants? Presqu'un demi-millier d'orphelins en un seul coup! Vlan!

Le curé déboula au magasin général en ce matin de nouvelle triste. Il venait pour chercher de l'aide. C'est de sa bouche que le marchand général et sa femme apprirent la triste nouvelle.

— Pour offrir à cette mère dévouée un enterrement digne, seriez-vous en mesure de commanditer le cercueil?

Toussaint sursauta. En l'espace d'une demi-heure, on venait de lui quémander un manteau de fourrure et un cercueil. Toussaint se demanda si le monde ne conspirait pas contre lui.

— Si je vais payer le cercueil de la voisine? questionna Toussaint.

— Vous ne vous impliquez pas dans la communauté! attaqua le curé.

— Hein? Je m'implique pas dans la communauté? Attendez!

Piqué au vif, Toussaint prit son erre d'aller discursif.

— Savez-vous combien je perds d'argent avec la disparition de cette femme-là, monsieur le curé?

Il avait saisi d'un geste son cahier des crédits.

— Comme un bon samaritain, je fais du crédit aux clients qui en ont besoin. Vous savez pas ça? Vous êtes pas au courant? Je prête de l'argent à tout le monde au village. Puis ce monde-là, une fois que ç'a levé les pattes, pensez-vous que ça vient me régler leurs montants dûs pour me remercier? Jamais, monsieur le curé! Ça meurt sans scrupule, sans aucun sens de l'honneur ou de la fierté administrative. Regardez!

Toussaint ouvrit grand le cahier sous le nez du curé et lut avec lui.

— Le forgeron : une piasse et demie!

Le curé encaissait.

— Allez-vous m'annoncer qu'il est mort lui aussi? demanda Toussaint. Si oui, je perds une piasse et demie! Vous voyez comment ça marche?

Toussaint se pencha sur la ligne suivante.

— Méo : trente sous!

Il mouilla son pouce et tourna la page quadrillée lentement.

— Monsieur le curé : quinze cennes.

Un temps et les yeux dans les yeux.

— Je vous ai vu partir avec le chapelet, ajouta Toussaint. Le curé était pris dans le coin, les omoplates écrasées dans les cordages, et n'avait plus aucune défense à offrir quand Toussaint aboutit enfin à la page affichant les montants en souffrance de la défunte.

— Madame Gélinas : des couches, des couches, des couches, des cerises... Dix-sept piasses !

Une sueur perla sur la tonsure de l'homme en soutane. Toussaint conclut.

— Non seulement que je paierai pas pour le cercueil, monsieur le curé, mais j'espère être assis dans le premier banc en avant pour le service funéraire de Madame Gélinas !

Jeannette avait été témoin de la tirade du crédit de son mari.

— Tu travailles beaucoup sur l'argent, Toussaint, faudrait pas que tu négliges ton éternité, osa-t-elle.

— L'éternité ? Pff. Le temps fait juste passer, Jeannette !

— C'est pas le temps qui passe, Toussaint, c'est nous.

Et elle retourna à son plaçage d'items sur les tablettes.

Le paradis fiscal

Le deuil de la mère Gélinas culmina à la date de son enterrement. Les obsèques sonnèrent leur glas pour rassembler la totalité de la population du village à son dernier adieu. L'église était pleine à craquer. Déjà, les quatre cent soixante-treize orphelins formaient un bon fond de salle. L'empathie générale avait comblé le reste des espaces vacants dans les bancs. Dans la première rangée, son souhait exaucé, l'influent homme prenait place auprès de sa Jeannette.

La célébration roulait son train, et on arriva bientôt au segment consacré à l'hommage à la défunte. Le curé, qui avait sublimé colère et tristesse pour en faire un discours enlevant, se lança dans sa rhétorique.

— Cette femme, qui a vécu dans l'austérité, dans la pauvreté, dans les difficultés... A-t-elle eu le soutien de la communauté? JAMAIS!

L'homme d'église était décollé.

— Cette femme a vécu dans la misère, a mangé de la misère, a affronté la misère, a côtoyé la misère...

Dans une livraison d'encanteur, de sa voix nasillarde et trop forte, le curé martelait son message.

— ... a élevé des enfants dans la misère, les a éduqués dans la misère, les a fait grandir dans la misère, a récolté de la misère, n'a connu que la misère...

Misère! Misère! Misère! Un nuage de culpabilité s'installa rapidement au-dessus de la foule rassemblée.

— L'ai-je aidée assez? pensèrent certains, à part eux.

Misère! Devant tant d'insistance, chacun avait le réflexe de s'accuser de ne pas avoir été à la hauteur dans le soutien à la Gélinas.

— Aurais-je pu faire plus? se demandèrent certaines.

Misère! Les échines pliaient sous le poids de la honte. Misère!

À un moment, le forgeron n'en put plus. Il se leva d'un coup et se déplaça dans l'allée centrale de l'église. Le curé se tut.

Aveugle, l'homme de fer s'avançait lentement, à tâtons. Le silence l'accompagna jusqu'à sa destination. Il atteignit le cercueil de feue Madame Gélinas. Tapotant le coffre d'une main, il en saisit le rebord du couvercle. De son autre main, il fouilla dans le fond de sa poche de pantalon et en sortit une poignée de monnaie. Il ouvrit le cercueil, lança son petit change dedans, et laissa retomber le dessus. Cela fait, il s'adressa au curé en parlant fort.

— Elle va arriver de l'autre bord moins pauvre qu'elle est partie d'icitte.

Il refit le chemin inverse, toujours en battant des mains dans le vide qui le précédait pour s'assurer qu'il ne fonçait dans rien. Il alla retrouver sa place d'origine sur son banc.

Le forgeron ne fut pas sitôt assis que, déjà, sa fille se levait.

Le paradis fiscal

Le forgeron était le père de Lurette. Veuf, il avait élevé cette enfant légère et lumineuse dans un décor de ferraille lourde et sombre. Aujourd'hui, devenue une jeune femme, elle avait grandi mais conservé sa légèreté. Elle était constituée en ADN de guimauve, pouvait-on croire. Si vaporeuse qu'elle devait tenir en permanence une pièce de cinq cennes dans chacune de ses poches pour se donner du leste. Autrement, on l'aurait possiblement perdue dans une stratosphère quelconque.

Lurette se leva, donc. À pas de chevreuil, elle parcourut la distance qui la séparait du cercueil. Arrivée tout près, elle tira de sa poche un de ses deux castors. Manquant de force pour ouvrir le couvercle, elle poussa la pièce dans la fente de la fermeture et asséna une pichenotte qui donna à son don l'impulsion pour se rendre à l'objectif.

La jeune femme revint ensuite prendre sa place.

Ayant senti l'appel, Méo était debout à son tour. Saoul et chambranlant, dans une verticale douteuse, mais debout. Il montrait sa ferme intention de se rendre lui aussi à la bière de la défunte compatriote. La distance qui le séparait de sa destination devait compter environ trente pieds. Au final, il lui en coûta facilement une centaine. Il y alla par quatre chemins en n'omettant aucun zig-zag dans sa démarche.

Bing! Collision à gauche.

Bang! Collision à droite.

Enfilant hypoténuses sur hypoténuses, il allongea son parcours de façon exponentielle. Pythagore s'en pétait les bretelles. À la fin, quand le barbier toucha son but, il pigea à son tour du change dans sa poche, ouvrit le cercueil, y fourra le bras, referma le cercueil, s'aperçut qu'il avait le bras coincé dedans, ouvrit à nouveau, sortit le bras, remarqua qu'il tenait toujours l'argent, rouvrit une troisième fois, lança son versement, et referma définitivement.

Il en fut ainsi et de suite. Chacun y alla d'une participation généreuse. Et si on ne rescapait rien du vivant de la Gélinas, on donnait au moins aux consciences un sentiment de rachat pour les inactions passées.

Sur cette vague de levée de fonds, le curé en profita pour apostropher Toussaint.

Le paradis fiscal

Le trésor avait gonflé. Toussaint n'en revenait pas de voir tout ce monde se relayer à la donation, toutes ces têtes qui traînaient un crédit au magasin et qui préféraient aujourd'hui mettre leur argent dans une tombe plutôt que de régler leur dette.

Le curé s'adressa au marchand général.
— Vous, vous ne cotisez pas ?

Toussaint expliqua son point de vue au curé.
— Écoutez, monsieur le curé... Je veux pas me mêler de votre projet, mais je pense que vous êtes en train de nuire à la bonne femme : vous avez déposé pas loin de cinq livres de petit change dans le cercueil. Cinq livres !
— Et puis ?
— Je pense à elle. Cette pauvre femme dans la misère... Vous lui ajoutez de l'ouvrage et du poids alors qu'elle doit monter au ciel sous peu. J'aurais été porté à penser que sa vie avait été déjà assez lourde pour elle, moi. Qu'elle méritait un peu de lousse.

L'assemblée eut un doute sur ses charités. Certains se demandèrent s'il ne valait pas mieux reprendre ses liquidités. Le curé rappliqua.
— Trop lourd ? Vous n'avez qu'à mettre du papier !

Les têtes se tournèrent toutes en direction de Toussaint qui prit le temps de déglutir avant de relever la tête. Au défi du curé, il répondit par un défi à la ronde.
— Je vais faire mieux que ça. Je vais attendre que tout le monde ait participé à la cagnotte. Quand chacun aura versé son écot, j'accoterai la mise.
— As-tu dit « accoter », Toussaint ? demanda Jeannette, étonnée.
— Je vais accoter, Jeannette. On verra la somme amassée, et j'en remettrai autant.

Le curé proclama la nouvelle, haut et fort, comme si plus le volume de l'annonce était élevé, moins il serait possible pour Toussaint de faire marche arrière ensuite.
— IL VA DOUBLER !

La foule, crédule d'abord, incrédule ensuite, se laissa porter par ce coup de surprise et s'enthousiasma.
— Toussaint! Toussaint! Toussaint!
La collecte reprit de plus belle. Ceux qui avaient déjà donné repassèrent une seconde fois : le forgeron, Lurette, Méo...
— Quand tu sais que ta cenne fait deux cennes, tu donnes deux fois! bégaya Méo.

Celles et ceux qui n'avaient pas été convaincus par le premier mouvement solidaire se lancèrent tirelire première : les sœurs institutrices, la veuve de Saint-Barnabé-Nord, et encore.

Au final, le seul qui ne cotisa pas, ce fut le curé.

Le paradis fiscal

Après quelques minutes généreuses, l'élan avait fini par s'essouffler. À l'œil et par expérience, Toussaint évaluait la récolte à un montant qui devait tenir entre vingt-cinq et trente piasses. Le marchand général posa alors la question à la foule.

— Avez-vous fini ?

La réponse vint du fond, loin derrière, de la nef.

— No !

Ti-que-toc.

Ti-que-toc.

C'était Mononcle Richard. Après toutes ces années où il nous avait laissés sans nouvelle, voilà qu'il déambulait dans l'allée, à la vitesse réduite de la vieillesse. Richard ! L'âge l'avait pris, lui aussi. Son renard était beaucoup moins argenté qu'auparavant.

Le richard descendit son parcours en ligne droite, len-te-ment, jusqu'à se retrouver devant le cercueil. On l'observait. Il se tenait, voûté, sur sa canne usée. Diminué, la peau mince sur son corps maigre.

De sa main libre, il sortit un portefeuille en peau de crocodile du revers de son manteau. Le tremblement de son corps rendait ardue cette besogne de fouillage et faisait sonner ses nombreux bijoux. Avec tout le temps qu'il faut pour tenir un suspense, on le vit sortir de l'étui de cuir déplié, en le tenant entre ses doigts, un billet de cinquante piasses.

Trop faible pour lever le couvercle du cercueil, il passa le billet rose par la même ouverture que celle qu'avaient empruntée les cinq cennes de Lurette. Il se tourna ensuite en direction de son neveu et lui donna son signal.

— *C'est le tour de toi, Touscennes !*

— La charité est l'amour pur du Christ ! cria le curé.

Il se tourna lui aussi en direction de Toussaint. Difficile d'y échapper pour le marchand. C'était à lui d'agir, maintenant.

Toussaint sortit de son banc, fit deux pas en direction du cercueil, et se retourna vers sa femme.

— Viens Jeannette, on va compter ce qu'il y a dans le coffre.

La logique suivait son cours. Pour pouvoir doubler le montant, il fallait d'abord savoir à combien s'établissait le gros lot.

Le couple ouvrit le cercueil et comptabilisa en bonne et due forme. Ils séparèrent les pièces selon leur valeur, dénombrèrent et multiplièrent chacune des piles par le nombre, firent la somme des sous-totaux, ajoutèrent la valeur du billet rose... En moins de temps qu'il n'en faut pour crier « bingo ! », on savait précisément la valeur du pactole.

— Combien ?

— Soixante-seize piasses et quatre-vingts cennes ! annonça l'honnête Jeannette.

Comme par magie, toutes les têtes étaient maintenant relevées dans l'église. La seule, à ce moment, qui avait ployé un peu, était celle de Toussaint qui se retrouvait dans cette situation où il devait accoter un montant beaucoup plus élevé qu'il ne l'avait cru quand il avait fait son annonce vantarde. Si on doublait ce montant ramassé, on se trouvait placé devant le produit mirobolant de cent cinquante-trois dollars et soixante cennes.

Toussaint toucha ses poches pour mettre la table à son aveu décevant.

— Je n'ai pas ce qu'il faut en liquidités pour doubler ce montant.

Le paradis fiscal

— C'est là la valeur de votre parole, monsieur Brodeur? demanda le curé inquisiteur.

La grogne populaire explosa. L'inacceptabilité sociale tapait dans le rouge et explosait en huées. Même Jeannette s'outra.

Toussaint cria à pleins poumons pour couvrir la colère du peuple.

— Attendez, attendez! J'ai pas dit que je paierais pas!

Toussaint se pencha sur le cercueil, empoigna le paquet d'argent qui s'y trouvait et le tendit à Jeannette.

— Mets ça dans ta sacoche!

— Tu avais promis, Toussaint! riposta Jeannette.

— Jeannette, fais ce que je dis!

Jeannette procéda dans le silence accusateur que maintenait les compatriotes et clients. Une fois l'argent dans la bourse, Toussaint commanda à nouveau à sa femme.

— À c't'heure, sors-moi un chèque puis un stylo!

Sous les yeux éberlués de la foule, Toussaint inscrivit le nom de «Madame Gélinas» sur le chèque.

— On est quelle date, Jeannette?

Il remplit les lignes blanches avec application et confirma le montant de son versement dans l'espace prévue à cette fin. Cent cinquante trois piasses et soixante cennes. Il tendit ensuite le bout de papier à la vue de tous, pour vérification et approbation générales, et le déposa entre les mains de la dépouille de Madame Gélinas. Il referma le cercueil doucement, et retourna à sa place.

Madame Gélinas fut enterrée avec un chèque de cent cinquante-trois dollars et soixante cennes dans son cercueil.

À la sortie du cimetière, un bouchon de circulation piétonnière retenait les endeuillés. La raison de ce ralentissement ? Chacune des personnes présentes, au moment de partir, s'arrêtait devant Toussaint, posté devant la haie de cèdres, pour lui serrer la main et le féliciter pour sa grande générosité.

— Mais c'est pas moi le plus généreux, vous savez. C'est vous z'autres. Moi, j'ai juste doublé vos dons. Vous auriez rien mis, et puis j'aurais rien mis moi non plus...

Et les gens insistaient avec lucidité.

— Toussaint, prends-nous pas pour des fous !

À un moment, porté par toute cette reconnaissance, Toussaint ouvrit grand les valves partageuses.

— Vous en voulez, de la générosité ? Dans ce cas-là, j'invite toutes celles et ceux qui ont mis de l'argent dans le cercueil à venir au magasin cet après-midi. On va effacer vos montants dans le cahier des crédits.

Fut dit, fut fait. Avant le coucher du soleil, tous les donateurs étaient passés et il ne restait plus que quinze cennes d'argent dû dans le chiffrier du magasin général.

Celui qui resta jusqu'à la toute fin de cette grande réinitialisation financière, ce fut Mononcle Richard. Appuyé sur le comptoir du magasin, il avait étiré sa visite pour tenir une jasette en tête-à-tête avec son neveu. Une fois qu'ils furent seuls, le richissime avait commenté le geste de Toussaint.

— *Tu as fait la chose très fort, Touscennes!*

— C'est vous qui m'avez appris, Mononcle: il faut juste savoir compter!

— *Je pense que le élève, il a dépassé le maître! Maintenant, Touscennes, il faut que tu apprends le prochain étape.*

— C'est quoi la prochaine étape?

— *Il faut que tu apprends de compter le bons choses parce que souvent, le choses qui comptent le plus, c'est le choses qui se comptent pas.*

Richard laissa Toussaint dans les réflexions qu'il venait de semer. Il espérait que sa nouvelle leçon marquerait le neveu autant que celle qu'il avait laissée, sans le savoir, au décès de son frère Édouard, quelques décennies auparavant.

Richard monta dans la diligence qui l'attendait depuis le matin pour reprendre la route vers son Massachusetts adoptif. Ce fut, ce jour-là, la dernière fois que l'on vit Mononcle Richard à Saint-Élie-de-Caxton.

LA FIN ET LES MOYENS

Le temps est une lime qui travaille sans bruit.

Proverbe

Ma grand-mère m'avait expliqué que la bête humaine évolue souvent en réaction aux contraintes et limitations qu'impose la réalité. Quand les préhistoriques ont eu faim, ils ont inventé les repas. De la même façon, quand l'humanité en a eu assez du silence, elle a inventé la musique. Devant la peur, on a fait la lumière. À la douleur, on a répondu par le calme. Et encore.

— On avait l'éternité, philosophait ma grand-mère, alors on a inventé le temps.

Durant toutes ces années, Toussaint avait mis ses forces calculeuses et ses énergies à faire en sorte de posséder l'argent. D'en posséder le plus possible. Et un jour, par un revirement du sort, c'est l'argent qui avait possédé Toussaint.

C'était en février. Au soir de la pleine lune. La pleine lune de février, c'est connu comme la nuit la plus froide de l'année. Sous ce ciel sans nuage, Toussaint avait choisi de profiter de cette lumière nocturne pour s'adonner à son plaisir comptable. Jeannette, fidèle à son habitude, s'était couchée tôt. Il avait alors profité de sa solitude pour avancer son petit pupitre sous la fenêtre et passer la soirée à compter et recompter son argent. Dans les rayons lunaires, son argent mirait des reflets blancs. Son trésor brillait. Compte, Toussaint. Compte, recompte.

Vers les minuits, Jeannette fit craquer l'escalier. Toussaint se retourna pour constater que sa femme se tenait debout à mi-chemin de la descente. Elle gémissait.

— Toussaint... j'ai frette !

Soupir.

— Je le sais ben que tu as frette, Jeannette. Depuis que je te connais que tu as frette.

Et avec un humour maladroit.

— On va se faire calculer un estimé pour l'installation d'une thermopompe dans ta sacoche, ma Jeannette...

Jeannette ne riait pas.

— Viens te coucher avec moi, Toussaint !

Elle avait une voix éteinte, fatiguée. Sa voix de ganglion, en pire.

— Tu vois pas ? Je compte mon argent, Jeannette ! Regarde comme c'est beau ! Ça brille !

Jeannette avait toussé sans force.

— Si tu m'aimais comme t'aimes ton argent, je brillerais moi aussi.

La fin et les moyens

Jeannette avait tourné les talons pour retourner, à petits pas, à ses draps.

Personne ne le savait, ni lui, ni elle, que c'était là la dernière fois que Jeannette faisait craquer les marches de l'escalier.

La descente aux affaires

Toussaint avait repassé encore quelque fois sa fortune dans le boulier de sa satisfaction chiffrée et jamais assouvie. Vers deux heures du matin, les nuages s'étaient placés devant la lune, coupant ainsi le chemin à la phosphorescence. Plaisir terminé! Le veilleur rangea son magot dans le coffre-fort et replaça le petit bureau à sa place. Il grimpa ensuite l'escalier.

Une fois en haut, il se faufila furtivement dans les couvertures sous lesquelles gisait Jeannette. Il glissa lentement son corps le long de celui de sa femme qui, à sa grande surprise, était chaude. Fiévreuse. Sans doute naviguait-elle au-delà du 45e degré sur la mer des Celsius. Bouillante, elle trouvait quand même à frissonner.

— Qu'est-ce qui se passe, Jeannette? Ça se peut pas que tu grelottes à cette température-là! On dirait que tu fais exprès.

Jeannette ne jouait pas. Le combat semblait avoir déjà fait quelques ravages. Jeannette chignait, geignait. Des sueurs froides couvraient son corps tremblant.

— Normalement, à cette température-là, tu devrais faire de la vapeur, Jeannette!

Aucun rire. Que des couinements, des râles. Et un souffle si court et saccadé.

Toussaint passa la nuit à ramener les couvertures qu'il trouvait dans la maison. Il enveloppa Jeannette comme un oignon, déposa des briques chaudes sous le lit. Rien à faire, les sueurs et frissons ne lâchaient pas la souffrante. Toussaint passa la nuit blanche. Blanche comme une poignée de change.

La fin et les moyens

Il fallut les premières lueurs de l'aube sur le visage de sa femme pour que Toussaint mesure l'ampleur de la catastrophe. La peau sèche et craquelante, les lèvres gonflées et saignantes, les yeux révulsés. Son teint aussi pâle que les mains farineuses de Toussaint ce jour-là où le beau-père avait accepté de laisser aller Jeannette au mariage.

Les secousses qui assaillaient le corps de Jeannette avaient perdu en fréquence. Jeannette ressemblait à une agonie. Elle soupira de douleur. Toussaint chuchota.

— Jeannette...

— ...

— Ô ma belle Jeannette...

— Dis-le, Toussaint !

Son murmure avait tout juste la force de mener sa supplication aux oreilles inquiètes de Toussaint. Toussaint était désemparé. Sans moyen. Impuissant.

— Jeannette...

— Dis-le moi !

À moins que.

— Attends-moi, Jeannette. Je vais revenir.

Toussaint s'habilla chaudement, attela ses chevaux et prit la route.

La descente aux affaires

Toussaint, à bord de sa calèche, traversa Saint-Boniface, Belgoville et parvint bientôt à Shawinigan. Son ultime recours. Il visa le centre-ville et attacha ses chevaux devant la boutique Fourrures Lemieux. Passé les portes, il fonça vers un commis qui s'offra de l'aider.

— Je veux le manteau de fourrure pour femme le plus chaud que vous trouverez dans votre inventaire !

Au bout d'un quart d'heure, le commis revint de l'entrepôt. Il tenait dans ses mains une housse de plastique contenant le vêtement.

— Voici ce que je peux vous proposer.

La housse était gonflée à ce point où il était difficile de croire qu'il ne s'y trouvait que du poil.

— Est-ce que la bête est encore dedans ? s'enquit Toussaint.

— Évidemment que non ! C'est un vêtement tout prêt à porter. Votre femme n'aura plus jamais froid avec ça.

— Combien pour le manteau ?

— Quarante-sept piasses.

Pincé au cœur, Toussaint tira de sa poche le billet de cinquante piasses qu'il avait récupéré dans le cercueil de la Gélinas. Il prit en direction de la porte du magasin.

— Votre monnaie !

— Pas le temps.

La fin et les moyens

À cette époque où les transports s'effectuaient encore avec les chevaux, la distance qui sépare Shawinigan de Saint-Élie-de-Caxton se parcourait en un peu plus de deux heures. Aller et retour, il en avait pris un peu plus de quatre heures à Toussaint. Il sonnait presque midi quand il revint chez lui avec le manteau.

Une longue file de clients patients s'étirait devant les portes du magasin. Jeannette n'avait pas ouvert le commerce, contrairement à ce que le couple avait fait à chaque jour, sans manquer, depuis toutes ces années. Toussaint s'excusa auprès de ses fidèles.

— Je suis désolé! Je vais aller voir ce qui se passe et je vais vous ouvrir. Ça sera pas long!

Toussaint entra avec sa housse gonflée de poils. Il referma la porte derrière lui. Pendant qu'il se déchaussait dans l'entrée, il cria en direction de l'escalier.

— Attends-moi, Jeannette! Inquiète-toi pas, j'arrive!

Toussaint gravit les marches à la vitesse de quelqu'un qui les déboule. Il entra dans la chambre en tenant au bout de ses bras l'enveloppe contenant la pièce de fourrure.

— Regarde, Jeannette!

Jeannette était toujours dans le lit, cachée dans ce cocon immense de draps et de couvertures accumulées. Elle faisait dos à la porte.

— Jeannette!

Elle ne se retourna pas. Toussaint dut contourner le lit pour lui faire voir sa surprise réchauffante.

— Jeannette!

Il s'approcha. Elle n'avait même pas ouvert les yeux.

— Jeannette!

Il laissa tomber le vêtement dispendieux sur le plancher. Il toucha le visage de la dormeuse, caressa sa joue doucement et décolla la mèche de cheveux qui barrait son front.

— Jeannette?

Elle avait retrouvé sa température normale : le froid. Mais elle n'en souffrait plus.

Il était trop tard.

La fin et les moyens

Une porte s'ouvre.
— Votre nom?
— Jeannette Brodeur.
— Occupation?
— Je m'occupe du magasin général.
— C'est bien. Entrez.
— Entrer? Mais vous êtes qui, vous?
Un temps.
— Je suis... l'Éternité.
— L'Éternité? Mais qu'est-ce qui vient de se passer?
— C'était votre vie, madame.
— Ma vie est pas finie! Vous avez pas vu ma liste d'affaires à faire!
— ...
— Vous vous trompez sûrement.
— ...
— On peut-tu recommencer?
— Non. La vie, c'est un seul tour de manège. Entrez.

La descente aux affaires

Pendant ce temps, au magasin, ça avait craqué dans la tête de Toussaint. Le bris semblait avoir atteint la mécanique : engrenages déboîtés, yeux sortis des hublots. Toussaint n'était plus le même. Il engagea un menuisier, un orfèvre. Il dépensa sans compter pour la fabrication d'un cercueil digne des sarcophages de pharaons. Cette pièce allait trôner au beau milieu du magasin pour le temps prévu à l'exposition du corps.

La dépouille de Jeannette y fut déposée, habillée d'un manteau de fourrure cousu en yéti. C'était une défunte reine exposée en boutique ardente. Les gens de tous les villages aux alentours défilaient pour venir offrir sympathies et condoléances au marchand endeuillé qui se tenait, comme un piquet, debout près du dernier reposoir.

Le temps s'écoulait et tout s'écroulait. Les instants soufflaient, comme le vent, de chaque côté de Toussaint, l'effleurant au passage comme une brise baveuse, comme un crachin de mauvais jours. Roi déchu et immobile, couronné en blanc des quelques frisettes de sa calvitie, Toussaint était resté coincé à la seconde de la mort de Jeannette. C'était comme si elle remourrait sans cesse.

Toussaint affectait toutes les ressources de ses mécanismes comptables internes à la recherche d'un bout de temps. Il souhaitait détricoter la dernière maille de la vie de Jeannette. La rembobiner d'une seconde.
Une seule.
La reculer d'un battement cardiaque.
Un seul.
Pour faire mieux les choses. Pour faire la chose. Pour terminer bien.

La fin et les moyens

Quand le curé s'était pointé le réconfort à la longue file des sympathies, Toussaint avait espéré. Dans une de ses récentes homélies, le curé avait laissé Toussaint pantois quand il avait demandé ce qui pesait le plus entre un kilo d'argent et un kilo de temps.

Son tour venu, le curé se fit empoigner la main solidement. Toussaint le tint captif et lui chuchota ses imprécations.
— J'ai besoin de vous, curé. Vous parlez d'éternité, souvent, mais...
— Elle est là, Toussaint. L'éternité, c'est maintenant. Le passé n'existe pas, ce n'est qu'un ancien présent. Le futur n'existera jamais, on en fera du présent à mesure qu'il passera dans les roues de l'existence. Le présent est le seul temps véritable, Toussaint. L'éternité, c'est le présent.
— J'en veux pas, de votre éternité. Je veux juste une seconde. Pour rembobiner Jeannette. Une seconde, comme une cenne noire de votre grand toujours. Je vous donnerai tout ce que j'ai dans mon coffre-fort. Tout! C'est pas pour moi, c'est pour Jeannette.
— L'éternité dont je vous parle, elle est gratuite, mais pour la seconde dont vous me parlez, vous n'en avez pas les moyens.

Quand le forgeron arriva devant son ami endeuillé, Toussaint le prit à part.
— Forgeron, tu connais le principe de l'alchimie? On fait bouillir du plomb, on en obtient de l'or.
— J'en ai entendu parler, oui.
— T'es mon ami. Je vais te fournir de l'or et tu vas m'en bouillir du temps. Une seconde! Pour Jeannette! S'il te plaît!
Le forgeron refusa.
— Tu me fais peur, Toussaint. Parle-moi pas comme ça. Parle-moi pas de ces choses-là. Demande à d'autre monde.

Et ce fut au tour de Méo à recevoir la dose de délire du marchand général.

— Je t'aiderais bien, Toussaint, mais raccourcir les cheveux, ça fait pas reculer le temps.

Toussaint se retrouvait seul et sans moyen devant le temps et sa fin. Comme s'il ne savait plus compter.

La fin et les moyens

Depuis l'expiration de Jeannette, Toussaint ne mangeait plus, ne dormait plus, ne buvait plus. À un moment, son corps lâcha. Il s'effondra comme une vieille marionnette dont on aurait coupé les ficelles.

C'est un rêve qui, le premier, se jeta à sa rescousse, un rêve dans lequel l'attendait son oncle Richard.

— *Salut Touscennes!*

— Mononcle! Enfin! Vous v'là. J'ai besoin de vous. J'ai besoin de temps. Pour rembobiner Jeannette. Pour faire mieux. Une seconde. Pas plus.

— *Mais pourtant, tu avais le temps, Touscennes!*

— Il était trop court! C'est pas juste!

— *On est tous égals devant le temps, Touscennes! T'as peut-être pas compté les bons affaires?*

— Le temps, c'est de l'argent, Mononcle? Ben je vas acheter une seconde.

— *Le temps, c'est de l'argent, Touscennes... mais l'argent, c'est pas du temps.*

— Il faut que je puisse terminer ça mieux que je l'ai fait.

Un moment.

— *Le seul option que je regarde c'est que tu vas voir le bijouterie Giguère. Le gars, il fabrique la montre et la horloge. Il a sûrement du temps pour mettre dedans.*

— Il va m'en vendre?

— *Je sais pas. Mais ça vaut la peine de essayer.*

Toussaint réveillé se releva en s'accrochant aux poignées du cercueil. Puis, il cria à la ronde.

— Occupez-vous de Jeannette. Il faut que je passe à la bijouterie Giguère.

Les gens s'opposèrent.

— Ils annoncent une tempête de neige du siècle cet après-midi, opposa le forgeron.

— Vingt-cinq pieds de neige avant le souper, Toussaint, ajouta Méo.

— Ce n'est pas un temps pour prendre la route, insista le curé.

Toussaint était décidé.

— Y a pas personne, y a pas une météo qui va m'en empêcher...

Il avait déjà son manteau sur le dos et marchait vers l'écurie pour aller atteler ses deux chevaux.

Toussaint prit la route en enfilant le chemin des Loisirs. Le paysage dansait déjà dans le vent du cataclysme annoncé. Les flocons fous fouettaient le visage du voyageur. La carriole trotta jusqu'à passer Saint-Paulin, roula jusqu'à bifurquer sur le chemin Renversy de Saint-Léon et fila, fila jusqu'au boulevard Saint-Laurent de Louiseville. Il stationna devant la bijouterie Giguère et entra prestement.

La fin et les moyens

— Auriez-vous un peu de temps à me vendre ?
— Du temps ?
— Vous fabriquez des montres, des horloges... Vous devez bien avoir un peu de temps pour mettre dedans ?
— Ah ! Ça ? Dans les vieilles montres, autrefois, oui, on mettait du temps, mais les choses ont changé. Aujourd'hui, c'est du quartz qu'on insère dans les mécanismes. On ne vend plus du temps, on en vend seulement la mesure.
— ...
— Qui c'est qui vous envoie ici ?
— C'est un rêve. J'ai rêvé que vous pourriez me fournir une seconde.

Le bijoutier, à l'œil, évaluait son client. Une tempête dans les cheveux, les yeux à côté des orbites, l'usure dans l'inquiétude, une série de tics et un manque de tact. Il crut que Toussaint était fou.

— Allez vous reposer, monsieur. Vous en avez besoin.
— Me restait rien que ce rêve-là pour espérer, soupira Toussaint.
— Je comprends, consola l'homme aux bijoux, mais il faut pas se fier à toutes les chimères. Imaginez si tout le monde se levait le matin en partant réaliser chacun des songes de sa nuit...
— Me restait une seule possibilité...
— Voyez donc : la nuit passée, j'ai rêvé d'un trésor ! Et je suis où aujourd'hui ? Et je fais quoi ? Je me repose chez moi, à la chaleur.

Toussaint fut piqué à la zone curieuse. Le naturel le rattrapait.

— Un trésor ? demanda-t-il.
— Oui. Un trésor caché dans un coffre dont la combinaison comptait dix-huit chiffres.
— Et il était où, votre trésor ?
— Je m'en rappelle pus. C'était dans un village. Saint-Calixte, peut-être. Ou Saint-Félix. La chose dont je me souviens, c'est que la maison où il se trouvait était en planches blanchies à la chaux, avec un pignon arrondi. Assise au coin de deux rues et dont la gouttière de la galerie avait été arrachée par les glaces tombant de la tôle à pincettes.

Toussaint reconnut sa propre demeure. Son chez lui. Son magasin. La vigueur le reprit. Un trésor. Du temps. Sa vieille montre tictaquant dans le coffre-fort. Il s'y trouvait peut-être la seconde dont il avait besoin.

— S'il fallait que je vérifie mes rêves tous les jours, je passerais mon temps à courir après ma queue, ajouta le bijoutier.

Il parlait tout seul. Toussaint était déjà reparti.

La fin et les moyens

Le temps de la discussion seulement, et le ciel avait eu le temps de livrer six pieds de neige sur le boulevard Saint-Laurent. Par chance que les chevaux avaient des oreilles, parce que Toussaint n'aurait jamais retrouvé ses bêtes.

Le marchand monta dans la carriole, secoua les cordeaux comme on lâche l'embrayage, et reprit son chemin dans le sens du retour. Dans l'épaisseur des accumulations, les chevaux avançaient en refoulant les flocons, de la neige bourrait jusque dans les essieux. Le convoi allait doucement, la face dans les intempéries.

Quand il prit l'intersection en direction de Saint-Léon, Toussaint sentit que l'accumulation de neige avait augmenté encore. Le sol se dérobait sous les sabots des chevaux. Avec l'impression de nager, ne trouvant plus aucune surface où s'accrocher la propulsion, les bêtes continuèrent un moment, portées par les convictions folles du chauffeur. Bientôt, l'instinct dépassa les volontés du meneur : les deux forces de trait freinèrent. Elles sentaient le danger.

Toussaint secoua les cordeaux, donna du fouet, même du bâton. Il tenta la reprise du mouvement par la force, jusqu'à laisser des marques sur la croupe des équins. Rien. Qu'immobilité. Il choisit alors de descendre.

— Vous voulez pus avancer, ben restez icitte! Je vais continuer à pieds!

Toussaint avançait seul, affrontant les éléments de vent, de neige et de froid. Il déroulait un chemin devenu invisible, large comme deux pieds ou comme deux épaules, et de toutes ses forces, il bravait la tempête avec un trésor dans la mire.

Déjà usé par la vie, par le deuil, par le jeûne et la fatigue, Toussaint suait dans l'effort. Des gouttes roulaient sur son corps. Le frette passant entre les mailles des lainages venait figer ces perles éparses pour lui piquer la peau. C'était comme si chacune se transformait en une petite lame d'acier froid. Pour la première fois de sa vie, Toussaint ressentit le froid, le gel.

Il n'était pas encore au bout du chemin, mais il avait atteint le bout de ses forces. Bientôt, Toussaint n'en put plus. Son corps avait tout donné alors sa tête craquée lui servit une solution de logique boiteuse, celle de se reposer, de prendre un moment pour refaire ses forces, de faire une sieste, toute courte mais juste assez pour pouvoir reprendre ensuite le trajet. L'idée folle semblait la seule disponible. Une sieste dans une tempête de neige ? Toussaint n'y voyait plus rien, plus aucune autre option. Il s'étendit donc près d'un arbre et ferma les yeux.

Le vent et les précipitations continuèrent de déferler, à souffler sur le paysage, à aplanir les aspérités, à faire disparaître tout. À effacer tout.

La fin et les moyens

Toussaint se réveilla dans son magasin. Il alla directement à son coffre-fort, enfila les dix-huit chiffres de la combinaison, ouvrit la petite porte, fouilla dans le cœur froid de sa fortune, en sortit la montre.

Sur le cadran, les aiguilles étaient immobiles.

Arrêtées.

Une porte s'ouvre.
— Votre nom ?
— Je m'appelle Toussaint Brodeur.
— C'est bien. Entrez !
— Entrer ? Vous êtes qui, vous ?
— Je suis l'Éternité.
Un temps.
— L'Éternité ? Ben tiens ! Je tente ma chance : ça me prendrait une seconde. C'est pour ma Jeannette. Vous devez bien avoir ça en trop, une seconde ? Je vous demande pas la charité, je vais payer.
— Entrez !
— Je vas pas entrer. Une fois dedans, vous voudrez pus négocier. Passez les autres, je vais attendre icitte.
Et tout à coup, on entendit une petite voix à travers la porte.
— Toussaint ? C'est toi, Toussaint ?
— Jeannette ?
Un temps. Toussaint criait en direction de la porte.
— Dis-moi que tu es bien, Jeannette ? Dis-moi que t'as pus frette ? On t'a enterrée avec un manteau de fourrure dans ton cercueil, Jeannette !
— Viens, Toussaint. On est bien, ici. Viens.
— Tu es dans l'éternité, Jeannette ? C'est-tu long ?
— Traverse. Viens dans mes bras !
— L'éternité, c'est des milliards d'instants, hein ?
— Ça se compte pas, Toussaint. L'éternité, c'est plus grand qu'une durée... c'est un sentiment.
— ...
— Viens !

Toussaint hésita une dernière seconde, et il bougea. Sur la voix calme de Jeannette, il finit par oser. Un pas. Et un autre. Jusqu'à franchir le seuil de l'Éternité.

La fin et les moyens

— Jeannette...
— ...
— Ô ma belle Jeannette...
— ...
— Je t'aime !

Table des matières

9   Le testament

29   La garantie cardiaque

37   L'amour et la mie

61   La poule aux œufs drôles

81   Le paradis fiscal

103 La fin et les moyens

Imprimé au Canada par Friesens